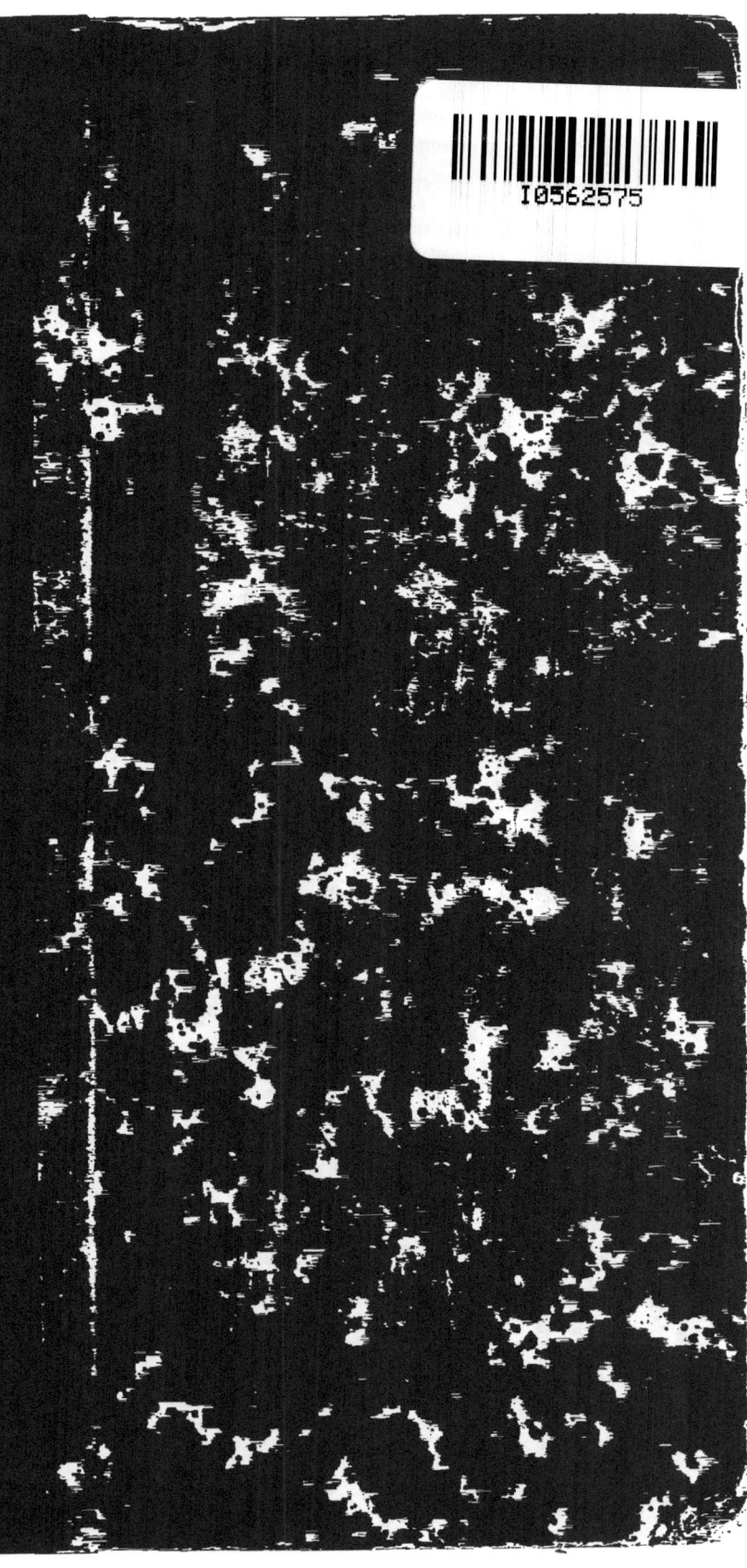

I0562575

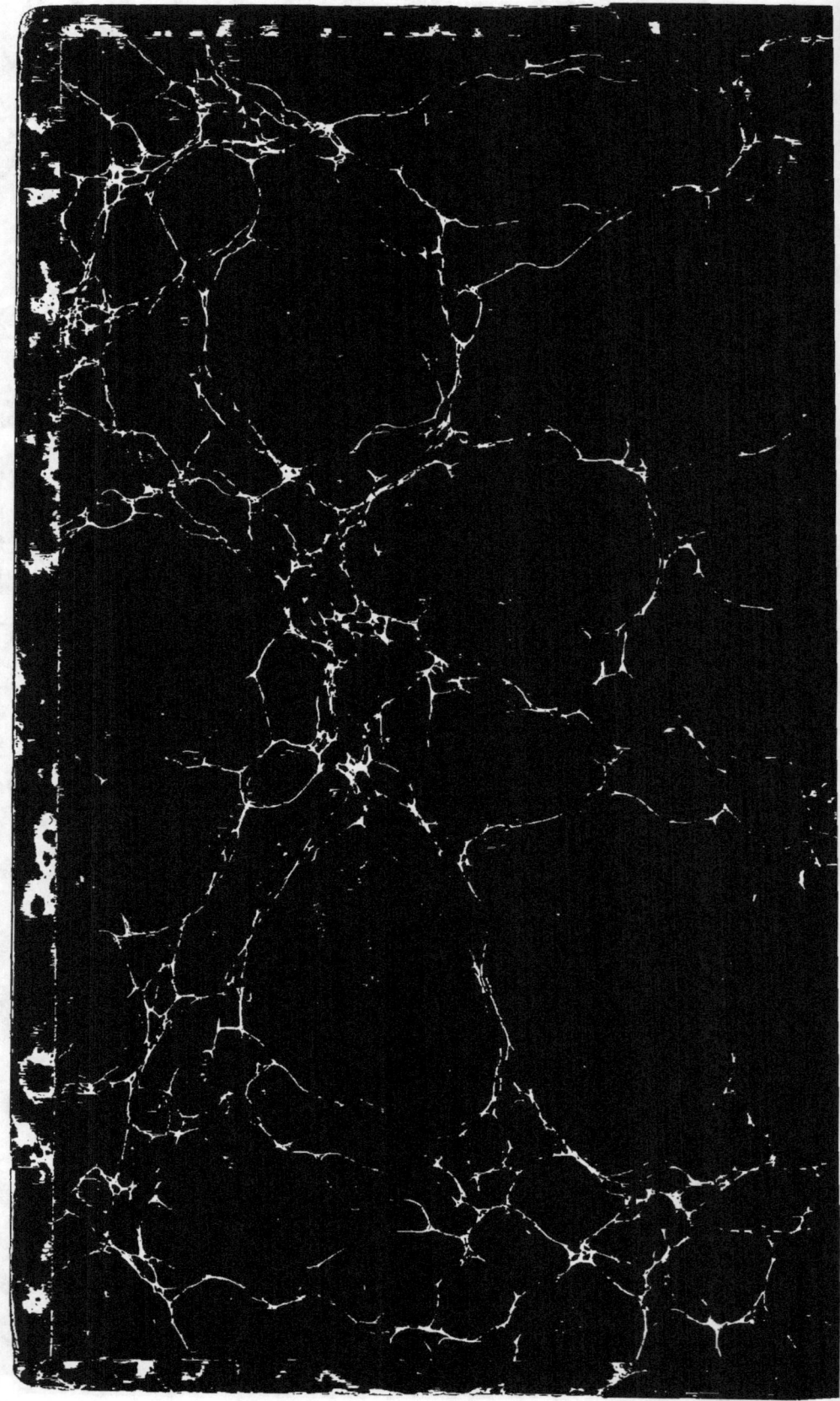

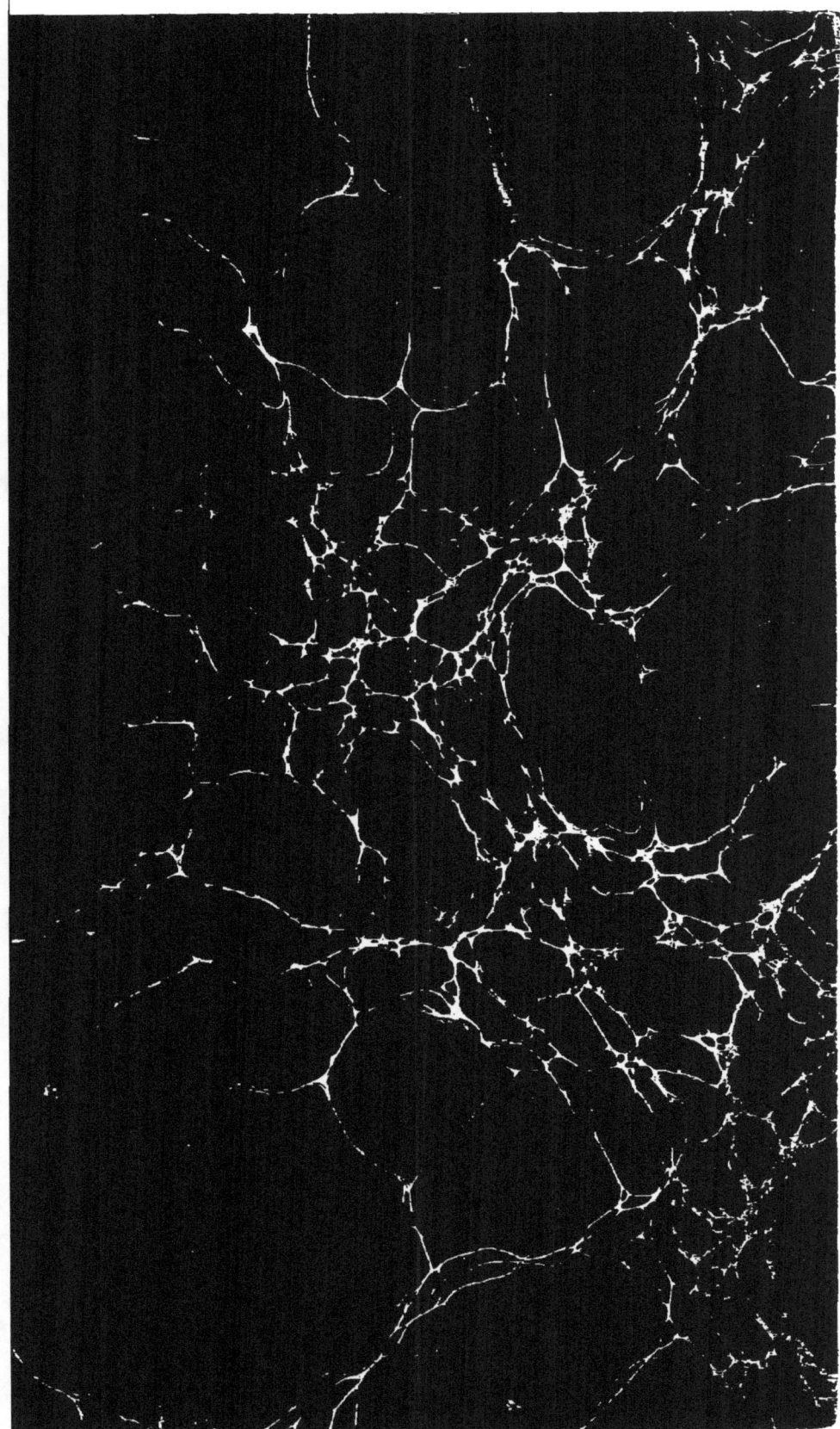

1

LE

JOURNAL OFFICIEL DE PARIS

PENDANT LA COMMUNE

175 — Paris. — Imprimerie Cusset et Cᵉ, rue Racine, 26.

CH.-L. LIVET

LE

-JOURNAL OFFICIEL

DE PARIS

PENDANT LA COMMUNE

(20 MARS—24 MAI 1871)

HISTOIRE. — EXTRAITS
FAC-SIMILE DU DERNIER N° (24 MAI)

PARIS

L. BEAUVAIS, LIBRAIRE-ÉDITEUR

QUAI VOLTAIRE, 25

1871

PRÉFACE

———

L'auteur de la Notice qui suit, consacrée au *Journal officiel de Paris pendant la Commune*, n'est point un écrivain politique ; il a voulu seulement fixer, dans quelques pages d'histoire littéraire, les souvenirs qui s'attachent à la rédaction de ces feuilles journalières dont la collection forme le Livre d'or de la Commune.

Est-ce à dire que l'histoire de la Commune soit tellement distincte de celle de son organe que l'une ne se trouve pas implicitement contenue dans l'autre en mainte occasion ? Nous ne le croyons pas, et nous osons même penser que la

Notice sur l'*Officiel* empruntera quelque intérêt à l'exposé successif des actes que la feuille du quai Voltaire était tenue d'enregistrer.

A défaut de l'histoire complète de la Commune, impossible à écrire au milieu des passions actuelles et dans le chaos où sont encore mêlés un grand nombre d'incidents caractéristiques, nous avons voulu qu'on trouvât, à la suite du volume que nous publions, la série de ses actes principaux, avec leur cortége d'incohérentes contradictions, d'inconséquences flagrantes, de cruautés inutiles et d'audacieux mensonges.

Après les prémisses doucereusement trompeuses du début, qui promettaient l'âge d'or en plein âge de sang, au temps même où l'*Officiel* excusait l'assassinat des généraux Lecomte et Clément Thomas ; à côté de ces pages qui prêchaient « la modération, disons le mot, la générosité », en excitant « le prolétariat » contre « la bourgeoisie » ; à la suite des éloges que le Comité central se fait décerner par son journal et prodigue lui-même effrontément à son abnégation, à sa prudence, à sa prévoyante sagesse, que voyons-nous dans les extraits qui forment le complément de notre travail ? Tous les services administratifs désorganisés ; les propriétaires, les maîtres d'hôtel même, lésés au profit de, leurs locataires ; les droits méconnus, les devoirs déplacés; la presse menacée, puis supprimée ; les consciences achetées, les adhésions obtenues par contrainte, des menaces sévères contre ceux qui « n'étant pas pour nous sont contre nous »; les vengeances particulières s'exerçant au nom de l'intérêt public ; la justice dépouillée de ses garanties les plus élémentaires; le caprice faisant des lois qu'un caprice défait; les calomnies lancées avec impudence et circulant sans être arrêtées par leur absurdité même ; la paresse et l'ivrognerie organisées, le travail châtié comme un crime ; le vol déguisé sous le nom de réquisitions sur les particuliers; les deniers [publics follement dilapidés; des pouvoirs nouveaux se constituant sans cesse à côté des pouvoirs déjà établis ; les entraves les plus gênantes opposées aux libertés les plus nécessaires; tout culte religieux proscrit ; les monuments de la gloire nationale détruits; l'armée prussienné prudemment ménagée, flattée, caressée; la ruine de Paris, préméditée de longue main, s'accomplissant au milieu des lueurs sinistres de l'incendie, et, pour couronner le tout, ce

crime à jamais maudit qui dépasse tous les crimes :
le massacre des otages !

Cette longue énumération n'est que le résumé
incomplet des documents publiés au *Journal officiel* par la Commune, le Comité central, le Comité de salut public, la Commission exécutive,
enfin les délégués aux divers services. — Ces documents, nous les avons reproduits en partie,
en faisant choix des plus importants. On y trouvera
le complément nécessaire de notre travail. En les
lisant, on sera épouvanté des monstrueuses insa-
nités qu'ils renferment ; on mesurera mieux la profondeur de l'abîme où Paris était tombé et qui me-
naçait d'engloutir la France entière ; on ressentira
nne plus profonde reconnaissance pour les généreux citoyens qui, depuis les dépositaires les
plus élevés du pouvoir jusqu'au plus humble des
psoldats de l'ordre, ont mis fin à cette lugubre
période faite de sang, de larmes et d'ignominie.

LE

JOURNAL OFFICIEL DE PARIS

PENDANT LA COMMUNE

Le samedi 18 mars 1871, le *Journal officiel de la République française* publiait le
n° 77 de sa troisième année. Jamais il n'a-
vait paru plus calme dans sa placide séré-
nité : pas un nuage dans son ciel bleu.

Un état de successions en déshérence occupait ses trois premières colonnes et formait
toute la partie officielle; suivaient, dans la
partie non officielle, des nouvelles étrangères, et

> ..... solem quis dicere falsum
> Audeat?...

la nouvelle de l'apparition d'un « magnifi-

1

que bolide qui laissait derrière lui une immense traînée lumineuse, d'un rouge presque sombre, longtemps persistante, de
manière qu'elle embrassait une grande partie de l'horizon. »

Triste lendemain! le dimanche matin,
19 mars, l'*Officiel* révélait brusquement à
Paris, à la France, à l'Europe épouvantée,
le sinistre forfait par lequel un gouvernement nouveau, non encore dénommé, inau-
gurait son pouvoir et faisait tomber, comme
un abominable défi, sous les balles françaises, deux généraux justement estimés.

Les ministres présents à Paris, MM. Dufaure, Jules Favre, Ernest Picard, Jules Simon, amiral Pothuau, général Le Flô, dans
une proclamation aux gardes nationaux de
Paris, signalaient l'existence non d'un gouvernement révolutionnaire, mais d' «un Comité, prenant le nom de Comité central, »
qui, déjà maître d'un certain nombre de canons, avait couvert Paris de barricades et

pris possession, pendant la nuit, du ministère de la justice.

« Quels sont, ajoutait la proclamation, les
membres de ce Comité? Sont-ils commu-
nistes, bonapartistes ou Prussiens? Quels
qu'ils soient, ce sont les ennemis de Paris
qu'ils livrent au pillage, de la France qu'ils
livrent aux Prussiens, de la République
qu'ils livreront au despotisme... Voulez-
vous, disait-on enfin, voulez-vous prendre
la responsabilité de leurs assassinats et des
ruines qu'ils vont accumuler ? »

Telle était la logique de la situation, telles
étaient les craintes prophétiques qu'elle
inspirait, et cependant le gouvernement régulier ignorait encore le but poursuivi par
un pouvoir ennemi qui s'était jugé assez
fort pour prendre l'offensive sans avoir levé
son drapeau, sans avoir produit son programme ou sa formule, sans même s'être
donné un nom.

Le lundi 20 mars, le *Journal officiel de la République française* lance son 79ᵉ numéro. Rien n'est changé dans son aspect extérieur ; mêmes divisions ; mêmes articles variés ; mêmes annonces ; même nom de l'imprimeur-gérant :— rien n'est changé que la partie officielle.

Dès la première ligne, la « Fédération républicaine de la garde nationale, organe du Comité central, » qui a pris possession de l'*Officiel*, déclare cependant que le Comité central n'est pas un gouvernement. Qu'est-il donc ? « Un composé de personnalités qui ont le droit de se défendre. » Contre qui ? Contre le « gouvernement. » Que veut-il ? « Remplir son mandat. » Quel mandat, de qui le tient-il ? Il ne le dit pas ; mais il affirme que « *la boue sanglante* dont on essaye de flétrir son honneur *est une ignoble infamie.* » Et qui signe cela ? « Les membres du Comité central : Ant. Arnaud, Assi, Billioray, Ferrat, Babick, Ed. Moreau, C. Dupont,

Varlin, Boursier, Mortier, Gouhier, Lava-
lette, Fr. Jourde, Rousseau, Ch. Lullier,
Henry Fortuné, G. Arnold, Viard, Blanchet,
J. Grollard, Barroud, H. Geresme, Fabre,
Pougeret, Bouit. »

Suit un appel au peuple, daté de l'Hôtel-
de-Ville de Paris, ce 19 mars 1871 : on y
demande « que Paris et la France jettent
ensemble les bases d'une République acclamée *avec toutes ses conséquences;* » on y déclare que l'état de siége est levé, que « la sûreté des citoyens est assurée, » et que « le
peuple de Paris est convoqué dans ses sections pour faire ses élections communales. »

Viennent ensuite : un arrêté du Comité
central fixant au 22 mars les élections du
conseil *communal*, et non *municipal;* une
courte proclamation de V. Grêlier, qui prend
le titre de « délégué du *gouvernement* — il ne
s'agit plus de Comité central — au ministère
de l'intérieur, » et qui s'adresse pour la pre-

mière fois, non plus aux habitants, mais aux
citoyens de Paris.

Le Comité central reprend la parole :
« Citoyens, dit-il aux gardes nationaux, vous
nous aviez chargés d'organiser la défense de
Paris et de vos droits. Nous avons conscience
d'avoir rempli cette mission. A ce moment,
notre mandat est expiré, et nous vous le rap-
portons. Préparez donc et faites de suite vos
élections communales. En attendant, nous
conservons, au nom du peuple, l'Hôtel-de-
Ville. »

En attendant, il conservait aussi le *Journal officiel*, dont le citoyen Lebeau, accompagné de Vésinier et de Barberot, de Floriss
Pireaux et de P. Vapereau, avait occupé les
ateliers à la tête de trois compagnies de la
garde nationale mises à sa disposition par
son ami, le trop fameux Ch. Lullier.

Ces délégués anonymes ouvrent la partie
non officielle du journal en s'adressant

« aux départements. » Ils y vantent à quatre reprises et sans se lasser « l'esprit d'ordre républicain » du peuple de Paris, qui
est le même que celui des grandes villes, et
caressent les campagnes qui seront jalou-
ses de les imiter : « Le même esprit de concorde, d'union, d'amour républicain nous
inspirera tous pour le triomphe de la République *démocratique*, une et indivisible. »

En son propre et privé nom, le *Journal
officiel de la République francaise* donne ensuite le démenti le plus formel aux bruits
alarmants répandus par une certaine presse;
il annonce, dans un simple entre-filets, les
mesures les plus graves : l'état de siége est
levé; les conseils de guerre sont abolis; il
est enjoint à tous les directeurs de prisons
de mettre immédiatement en liberté tous
les détenus politiques; le nouveau gouvernement — il y a donc un nouveau gouvernement ? — vient de prendre possession de

tous les ministères et de toutes les administrations.

On apprend ensuite aux citoyens que « la
journée du 18 mars sera appelée, dans l'histoire, la journée de la justice du peuple, »
bien que « seuls, deux hommes (les généraux
Lecomte et Clément Thomas) aient été frappés, » deux grands coupables, « qui s'é-
taient rendus impopulaires par des actes
que nous qualifions, dès aujourd'hui, d'iniques, » sans savoir comment on les quali-
fiera demain.

Cette partie non officielle se termine par
un récit de la démarche faite par la délégation des maires de Paris auprès de M. Picard, ministre de l'intérieur, et du général
d'Aurelles de Paladines. Le ministre, à qui
l'on proposait des modifications dans le système gouvernemental, n'aurait pu prendre
de décision sans l'assentiment de ses collègues ; le général d'Aurelles aurait déclaré
ne pouvoir apporter de remède à la situa-

tion ; il aurait ajouté « qu'il abandonnait
toute initiative et que le sort de la France
était entre les mains des municipalités. »

« C'est à la suite de *cet incident* que le
Comité central de la garde nationale a
pourvu aux besoins impérieux de la situation en organisant les services publics. »
Déjà, chose admirable, la préfecture de police
fonctionne !

Le *Journal officiel* aussi fonctionne ; mais
celui qui le dirige en réalité, à cause de
l'insuffisance ou de la faiblesse du citoyen
Lebeau, ne fait certainement partie ni de la
garde nationale ni de son Comité central :
sa *performance* s'y oppose ; il est petit, boi-
teux, bossu, et il a l'œil louche des envieux :
c'est le citoyen Vésinier, immonde auteur
d'ouvrages abjects dont il nous répugne de
citer les titres, mais dont l'annonce incomplète figure dès le numéro du 21 mars, en
tête des annonces de librairie du journal.

1.

Dès le 21, cependant, Lebeau, conseillé
par Longuet, écarte ce petit bossu, auquel
son parti lui-même fait un crime d'avoir
écrit *les Nuits de Saint-Cloud ;* il écarte
également un je ne sais quel Barberot, et
l'article qui figure en tête de la partie non
officielle n'est plus signé des délégués, mais
du délégué ; il a devant lui table rase, et il
en use ; il se prodigue, et les belles choses
qu'il dit ! Il nous apprend comment « d'obscurs prolétaires ont résolu de sauver à la
fois la patrie envahie et la liberté menacée » ;
il nous dit combien ces mêmes prolétaires
de la capitale, « dont les actes ne méritent
jusqu'à ce jour qu'éloge et admiration ,
sont restés *prudents* en présence de l'étranger ; » il ne veut pas que « les travailleurs,
ceux qui produisent tout et ne jouissent de
rien, ceux qui souffrent de la misère au milieu de produits accumulés, fruit de leur labeur et de leurs sueurs, soient sans cesse
en butte à l'outrage ; » mettant aux prises le

prolétariat et la bourgeoisie, il se demande pourquoi celle-ci « s'oppose au libre déve-loppement des travailleurs ; » il blâme la classe gouvernante de n'avoir pas « laissé un libre cours aux besoins du peuple » et de ne pas avoir « permis aux travailleurs d'exercer tous leurs droits et de satisfaire leurs besoins ; » il reproche à « un gouverne-ment aveugle et insensé de déchaîner la guerre civile en présence de l'invasion et de l'occupation étrangères, » bien que « l'armée ait refusé de tourner ses armes contre le peuple, lui ait tendu une main fraternelle et se soit jointe à ses frères. »

Tout occupé de rédiger ces phrases creu-ses et d'adresser aux électeurs parisiens ses conseils, afin qu'ils votent « pour des répu-blicains socialistes » dans l'intérêt de « notre République sacro-sainte », le citoyen Vési-nier s'inquiète peu du reste du journal, et ne juge pas qu'il soit de sa dignité de blan-chir le linge sale du citoyen Grêlier, délégué à l'intérieur. Grêlier lui envoie, pour la partie officielle, des notes informes : Vésinier les insère telles quelles, si bien que les mesures les plus graves, les choses les plus monstrueuses courent risque de passer inaperçues, jetées pêle-mêle, sans signature ni certificat d'origine. En veut-on des exemples ?

« Prorogation d'un mois des échéances des effets de commerce.

« Jusqu'à nouvel ordre, et dans le seul but de maintenir la tranquillité, les propriétaires et les maîtres d'hôtel ne pourront congédier leurs locataires. »

Sont-ce des vœux ? sont-ce des ordres ? qui les donne ? le ministre du commerce ou le ministre de l'intérieur ? quelle en est la sanction ? Lebeau, qui prétend avoir rédigé sous forme de décrets toutes les décisions de la Commune, a eu ici un moment d'oubli.

Les *Faits divers,* dont le choix et le classe-
ment sont confiés sans doute à un subdélé-
gué, Floriss Pireaux, très-laborieux, ou
Vapereau, indifférent et léger, sont l'objet
d'un soin particulier; les nouvelles militaires y abondent; une certaine gaieté douce y
mêle de temps en temps des sourires qui ne
sont pas sans prétention. Peut-être aussi
sont-ils l'œuvre de certaine dame anglaise,
obstinée à garder un prudent anonyme. Qui
ne se rappelle l'anecdote du général Cremer,
« un jeune militaire, d'une figure charmante,
ma foi! » Le début : «En ce moment un
huissier annonce au Conseil..., etc. » Puis
un trait malicieux : «La foule, qui ne connaît pas son visage et qui éprouve le besoin
de crier : Vive quelqu'un! avait crié sur son
passage : Vive Bordone! vive Garibaldi!
vive Chanzy! » (qui venait d'être arrêté!)
Puis la réclame pour un café «qui fait le
coin de la rue de X... et de la deuxième rue
à droite, en partant de...»; puis le trait d'es-

prit au sujet d'une « curiosité qui, pour être sympathique, n'en est pas moins écrasante »; puis l'hommage rendu aux gardes nationaux, dont il n'est que juste de reconnaître le rôle et de rappeler les paroles épiques dans cette affaire : « Les gardes nationaux disent : Laissez respirer le général Cremer. » Puis la preuve que l'on a tout vu par soi-même, et que pour être bien renseigné on sait mettre le prix : « La moindre consommation atteint le prix de trois francs. » — Qui ne serait charmé de ce petit morceau, où brillent toutes les qualités du genre, moins la vérité, puisqu'une protestation du cafetier est insérée à *l'Officiel* du lendemain, avec son nom et son adresse exacte?

A la fin du journal figurent des annonces qui deviennent de plus en plus rares, et se réduisent bientôt à celles des deux libraires Lachaud et Garnier frères, liés sans doute par un engagement antérieur dont le délégué du Comité central entend profiter.

Sa responsabilité toutefois reste hors de
cause, car le journal est toujours signé :
Wittersheim, imprimeur-gérant, bien que
M. Wittersheim soit à Versailles.

Nous ne voulons point, bien entendu
écrire ici l'histoire de la Commune, de ses
pompes et de ses œuvres, mais seulement
rappeler les phases diverses par lesquelles
passa son organe officiel.

Dès le 23 mars, nous ne trouvons plus
l'annonce des ouvrages de Vésinier ; dès le
24, en tête de la partie officielle, on lit un
avis publié, au nom du Comité central, par
un nouveau délégué, et signé : Lebeau. —
Lebeau ! Malgré son impudence, Vésinier
n'aurait pas osé signer ainsi ; nous pouvons
donc penser que son règne ne fut pas de
longue durée.

Son successeur, non moins inexpérimenté,
continue à insérer dans la partie officielle
du journal les mesures les plus importantes

sans qu'elles soient contre-signées d'aucun
ministre : — « A partir du 24 de ce mois,
tous les services militaires concernant l'exécution sont confiés au général Bergeret. »
Qui l'a décidé? — « Tous les bataillons doivent envoyer leur fourrier d'ordre au bureau
de la place le matin à neuf heures. » Qui
l'exige? — « Tout individu pris en flagrant
délit de vol sera immédiatement fusillé. »
Qui donnera l'ordre? Qui le fera exécuter?

Rendons toutefois au citoyen Lebeau cette
justice qu'il nous épargne sa prose en tête
de la partie officielle ; à moins qu'il ne soit
l'auteur de ces nouvelles venimeuses qui s'y
étalent. Ici la mise en liberté par M. Jules
Favre, ministre des affaires étrangères, et
étranger à ces sortes d'affaires, de Jules Pic
et de Taillefer ; là « une altercation très-vive
entre les deux Picard, de l'intérieur et de
l'*Électeur libre*... Quelles gens ! »

Lebeau veut que la partie officielle soit

bien nourrie, et il y insère à la queue leu-
leu des affiches de la Commune de Lyon,
l'avis de la mise en liberté du général Chanzy,
un manifeste des maires, adjoints et représentants de Paris, une décision du Comité
central ajournant les élections, un arrêté
du ministère de l'intérieur signé, non de
Grêlier, mais de deux délégués, Ant. Arnaud
et Ed. Vaillant, enfin une proclamation de
Ranvier, maire, et de Gust. Flourens, maire-
adjoint du 20ᵉ arrondissement, qui déclarent, comme s'ils étaient le gouvernement
lui-même, qu'ils ne veulent plus dans Paris
d'autre armée que la garde nationale.

Il tient à ne pas manquer de copie, et dans
ce but, il invite « *tous* les délégués, *tous* les
chefs d'administration à envoyer au *Journal
officiel* les communications qu'ils jugent convenable livrer à la publicité. » Aussi quelle
avalanche! quelle confusion! Les pouvoirs
les plus arbitraires se donnent libre carrière;
ici, un général casse de son grade un officier

payeur, sans jugement, sans énoncé de motifs ; là, « un de nos amis qui nous est envoyé de Toulouse nous apporte un document » qui trouve place à la suite ; ailleurs,
sans que rien ait annoncé l'existence de la
Commune, nouvellement élue, le président
Ch. Beslay et les secrétaires Th. Ferré et
Raoul Rigault, font savoir que « dans sa
séance d'installation, la Commune de Paris
a déclaré que la garde nationale et le Comité central ont bien mérité de la patrie et
de la République. » — Pourquoi « de la patrie, » puisque la Commune est la négation
de l'idée de patrie ?

C'est dans le numéro 88, du mercredi 29
mars, que nous voyons, au *Journal officiel*,
le premier emploi du calendrier républicain,
à l'occasion de la première convocation des
membres de la Commune : « Les citoyens
membres de la Commune de Paris sont convoqués aujourd'hui mercredi, 8 germinal, à

une-heure très-précise, à l'Hôtel-de-Ville, salle du Conseil. »

Le lendemain, jeudi 30 mars, le *Journal officiel de la République française* changeait de titre, et le *Journal officiel de la Commune de Paris* publiait le premier numéro de sa première année, toujours à l'imprimerie de M. Wittersheim, que l'on continuait à faire signer comme imprimeur-gérant.

Une ligne en tête de la partie officielle suffit à annoncer que « le Comité central a remis ses pouvoirs à la Commune. » Cela dit, la Commune de Paris se déclare constituée ; elle décrète, décrète, décrète, comme l'abbé Trublet compilait, compilait, compilait ; mais tout ce qu'elle décrète est original et ne sent en rien l'esprit d'autrui que le bon abbé par complément servait, et elle prend cette signature anonyme, irresponsable : « la Commune de Paris. »

Dès ce moment, c'est à la Commune ou à

ses délégués directs qu'est réservée la partie officielle : les communications des maires et des chefs de service sont renvoyées à la partie non officielle, où une place d'honneur leur est réservée.

Passons un jour; tournons le feuillet. Nous ne sommes qu'au 31 mars, et déjà le *Journal officiel de la Commune de Paris* a cessé de paraître et a cédé la place au *Journal officiel de la République française*, qui publie le 90ᵉ numéro de sa 3ᵉ année, sans avoir publié le 89ᵉ après le 88ᵉ.

Que s'est-il passé? Le Journal n'en dit mot; mais il est permis de supposer que la Commune de Paris, fière de l'adhésion qui lui était donnée par les frères et amis de Lyon, de Toulouse, de Narbonne, ne voulait pas abdiquer la prétention de représenter, non pas la France, qui est la patrie, mais les diverses fractions de la République universelle qui commençaient à s'agiter sur le sol français.

Une révolution de palais s'était produite, en outre, dans les bureaux du *Journal officiel*. Le citoyen Lebeau avait été dépossédé par le citoyen Longuet ; des scènes scandaleuses avaient eu lieu entre eux : Vésinier, qui continuait à venir officieusement au *Journal*, détestait Longuet, dont les mœurs s'accordaient mal avec les opinions puritaines qu'il avait exprimées sur l'auteur des *Nuits de Saint-Cloud ;* prenant fait et cause pour Lebeau, il s'était rué, malgré sa petite taille, sur son ennemi et, prodiguant les horions, il l'avait jeté à la porte tout sanglant. Mais Longuet ne s'était pas découragé, et, avec l'aide de deux «délégués à la délégation» de l'intérieur, il était rentré dans les bureaux du quai Voltaire. Un ancien officier de l'armée, démissionnaire, l'accompagnait : homme d'une tenue parfaite, dit-on,

de manières distinguées, laborieux, ayant
toujours à sa disposition quelques milliers
de francs qui lui permettaient de faire des
prêts à fonds perdu à ses collaborateurs toujours besogneux. On nous fait l'éloge de cet
auxiliaire de Longuet, connu sous le nom
d'Armand, et qui demeurait chez le citoyen
Ch. Beslay, doyen d'âge de la Commune.
Armand ne resta pas d'ailleurs à l'*Officiel*
jusqu'à la fin du règne de Longuet : il se
retira lorsque celui-ci s'adjoignit, comme
administrateur, un certain Rama, dont la
probité, scrupuleuse peut-être, n'inspirait nulle confiance à son entourage.

Le lendemain de ce jour mémorable, la
lettre et la note suivantes paraissaient dans
la *Cloche*.

Paris, 29 mars 1871.

Monsieur le directeur,

Vous traitez de conte l'impudente proposition
qui m'a été faite dans les bureaux de l'*Officiel* (on

trouvera plus loin cette proposition du comte de Paris). Votre doute ne me paraît guère honorable pour le journalisme.

Vous continuez en disant que *le délégué au* Journal officiel *sortant de l'anonyme, signe aujourd'hui Longuet*. Cette assertion exige quelques explications.

Lors de la prise de l'hôtel de ville, mon ami Lullier me fit appeler, et me demanda à quel poste je voulais être délégué. Je réfléchis un moment, et ensuite je lui demandai l'*Officiel*, en lui déclarant qu'avec ce journal et mes profondes études sur les diverses révolutions, je pourrais soulever la province contre le gouvernement Thiers.

Il mit aussitôt trois compagnies à ma disposition pour aller prendre possession du *Journal officiel*.

Pendant deux jours, j'eus pour collaborateurs les citoyens Barberot et Vésinier, surtout ce dernier. Le citoyen Longuet m'engagea à les renvoyer, en me disant que Vésinier avait écrit *les Nuits de Saint-Cloud*.

Eux partis, il devait immédiatement venir.

Il n'en fit rien, et pendant trois jours, je fus seul à l'*Officiel*.

Vendredi soir, le citoyen Longuet vint avec

une délégation le nommant rédacteur en chef.
Lui, rédacteur en chef! Je ne vous souhaite pas,
Monsieur le directeur, d'en avoir un pareil ; car,
pour écrire deux phrases, il met un temps in-
croyable ; et encore, après les avoir écrites, ne
les donne-t-il pas toujours au journal.

Mardi matin, j'ai eu une altercation très-vive
avec lui, à la suite de laquelle je l'ai forcé à quit-
ter l'*Officiel*.

Plus tard, j'exposerai tout, en écrivant un petit
opuscule : *De l'Art d'avoir une certaine réputation,
tout en étant un parfait imbécile.*

Je termine, Monsieur le directeur, en vous déclarant que c'est moi, inconnu dans le journalisme, qui ai imprimé au *Journal officiel* son allure
révolutionnaire, et qui ai fait, *avec l'assentiment
du Comité central*, tous les décrets qui ont donné
au mouvement du 18 mars sa véritable significa-
tion.

Le Directeur,
Émile LEBEAU.

Le même journal a reçu communication
de la pièce suivante :

Cette nuit, pendant l'absence du citoyen Lebeau, directeur de l'*Officiel*, les fédéralistes De-

may et Arnaud, délégués à l'intérieur, se sont rendus, à la sollicitation du citoyen Longuet, dans les bureaux du *Journal officiel*, et, de leur propre autorité, ils ont fait disparaître l'en-tête suivant :

« *C'est par surprise que le nom du citoyen Longuet a paru hier dans le* Journal officiel. »

Nous approuvons complétement l'article du citoyen Vaillant, et nous n'hésitons pas à déclarer que nous avions préparé sur le régicide un article plus radical que, vu les circonstances, nous n'avons pas voulu insérer.

M. de Laroche-Thulon, représentant à l'Assemblée de Versailles, a déclaré qu'il provoquait tous les républicains.

Eh bien! les citoyens Lebeau, Lullier et Dardelles, commandant des Tuileries, relèvent tous les défis des défenseurs du principe monarchique.

Le Directeur de l'Officiel,
Émile LEBEAU.

Maître de l'*Officiel*, Longuet use de sa puissance pour décerner à son prédécesseur un brevet d'insanité d'esprit : — « Plusieurs journaux, dit-il, reproduisent avec un empressement *de mauvais goût* une lettre

signée Lebeau, dont la forme seule aurait
dû inspirer à la presse sérieuse la plus légitime défiance. Le ton de cette lettre trahit
depuis la première ligne jusqu'à la dernière
un état mental tout particulier.

« Aux inexactitudes excusables qu'elle
renferme, le Comité central et les citoyens
Arnaud et Demay, membres de la Commune,
mis en cause, pourraient répondre que jamais le signataire de cette lettre n'a été
muni d'une délégation régulière, signée de
la majorité du Comité, à la rédaction du
Journal officiel.

« Quant au citoyen Ch. Longuet, invité à
plusieurs reprises par les membres du Comité à prendre la direction de l'*Officiel*, il
a été, pendant plusieurs jours, dans l'impossibilité de remplir régulièrement et en-
tièrement le mandat dont il était chargé.
L'intervention du citoyen Arnaud, délégué
à l'intérieur, dont ressort (*lisez :* auquel res-
sortit) le *Journal officiel*, n'avait donc rien

que de tout à fait naturel, et c'est par un sentiment de délicatesse bien facile à comprendre qu'elle n'avait pas eu lieu plus tôt. »

Le sentiment de délicatesse, facile à comprendre, qui avait arrêté l'intervention du délégué à l'intérieur, avait eu pour effet de prolonger la lutte entre Lebeau et Longuet, et de jeter le trouble dans l'*Officiel*.

Ce Lebeau, cependant, était un citoyen précieux pour le parti : il était incorruptible ! Si l'on en doute, qu'on lise dans le *Rappel* du 7 germinal an 79, n° 653 (mardi, 28 mars 1871), le fait suivant, aussi honorable pour Lebeau que honteux pour l'impudent intermédiaire qui osait, en plein germinal, lui proposer... la restauration du comte de Paris.

« Le mercredi soir, le citoyen Lebeau, délégué du Comité central à l'*Officiel*, voit entrer un individu qui lui demande un moment d'entretien pour affaire grave.

« Cet individu, après des tas de circonlocutions (cela s'écrit dans le journal des citoyens Hugo, Vacquerie et Meurice) et de périphrases, finit par lui proposer une grosse somme pour mettre dans le *Journal officiel* une déclaration en faveur du comte de Paris, qui éclaterait tout à coup et qui déciderait un mouvement.

« Le citoyen Lebeau fait immédiatement arrêter ce drôle, qui attend à la préfecture de police le procès qui va lui être fait pour tentative de corruption sur un fonctionnaire public.

« Il a été constaté que cet individu était d'un bataillon de garde nationale commandé par un comte, ami d'enfance des princes d'Orléans. »

Pour en être réduit à inventer une histoire aussi absurde, il faut que le citoyen Lebeau ait senti sa position bien ébranlée.

Il avait affaire, en effet, à un rude adversaire, écrivain de profession, rompu au métier de journaliste, fondateur de plusieurs journaux qui avaient eu l'honneur d'être supprimés, sous l'empire, *les Écoles de France*, par exemple, et *la Rive gauche*.

Le jour même où le citoyen Lebeau faisait insérer dans le *Rappel* la bourde qu'on vient de lire, et qui mettait en jeu M. le comte de Paris, le citoyen Longuet publiait dans l'*Officiel*, en tête de la partie non officielle, un article qui lui paraissait « répondre d'une façon satisfaisante à une des difficultés du moment. »

Cet article, signé du citoyen Ed. Vaillant, n'était autre qu'un appel au meurtre dirigé contre les princes de la famille d'Orléans : il faisait naturellement suite à un article sur le régicide, publié par le citoyen Pagès (de l'Ariége) dans le *Journal officiel* du 24.

Les théories abominables exposées dans

ces deux pièces avaient soulevé la réproba-
tion de tous, excepté les gens de la Commune. Dans son numéro du 31 mars, le
citoyen Longuet s'étonne du bruit qui se
fait autour du dernier de ces articles : on
en a exagéré la portée; il ne représente
qu'une opinion individuelle, puisqu'il est
signé, et encore cette opinion individuelle
est-elle très-acceptable.

« On a fait grand bruit, dans la presse et
ailleurs (ailleurs, c'est à l'Assemblée de Versailles), d'un article sur le *Tyrannicide*,
publié dans le *Journal officiel* du 27 mars.
L'esprit de parti a tenu à exagérer la portée
de cette publication.

« Il est pourtant bien certain qu'étant signé, — ce qui est contraire aux usages du
Journal officiel, — cet article ne représen-
tait qu'une opinion individuelle, *opinion
très-soutenable d'ailleurs*, et qui a pour elle
l'autorité de toute l'antiquité, mais encore
de modernes tels que Montesquieu, Milton,

sir Philipp Francis, l'auteur présumé des *Lettres de Junius,* sans parler des théologiens qui l'ont soutenue au point de vue catholique. »

Voilà ce qui s'appelle une rétractation sans abandon de principes. Certes le citoyen Longuet est un habile homme : son maintien au *Journol officiel* est assuré.

De temps à autre, en tête de la partie non officielle , Longuet daigne lancer un premier Paris : on le reconnaîtra facilement à la longueur démesurée de ses phrases et à l'habitude singulière où il est de donner à toutes ses idées une escorte de trois substantifs ou de trois adjectifs : Voici : Paris, villes, villages ; voilà : vie régulière, stabilité, progrès ; plus loin : cantons, départements, provinces ; ailleurs : administration, disposition, direction ; ici : nature, évolution économique, mouvement ; là : organisation municipale, loyers, échéances... Ce

procédé témoigne d'une grande fécondité
d'esprit ; mais il est monotone et a le tort
de dénoncer trop vite son auteur anonyme.

Les *Faits divers,* sous Longuet, restent
consacrés, pour la plupart, aux événements
de guerre et aux crimes commis par les
Versaillais, tous et toujours gendarmes ou
agents de police.

Les *Variétés* ont de hautes visées : les
auteurs s'y proposent l'instruction du peuple : l'un, le citoyen ***, fait une disserta-
tion sur le drapeau rouge et risque une citation que l'*Officiel* est obligé de défendre le
lendemain ; l'autre, le citoyen J.-B. Clément,
fait toucher du doigt la différence qui existe
entre « les rouges et les pâles... Les pâles
sont les dévorants de chair humaine ; les
rouges sont des mangeurs de pain. Lamen-
nais et Proudhon en étaient, et Dieu, *s'il
existait,* serait avec nous. »

Parfois le malheureux a la main forcée,
et il est obligé d'insérer des articles apportés

par des citoyens à peu près illettrés. Il s'en
dédommage en donnant régulièrement chaque semaine des comptes rendus de l'A-
cadémie des sciences, sous la signature
C. P.

A partir du numéro 105, du samedi,
15 avril, le *Journal officiel* publie le procès-
verbal des séances de la Commune : jusqu'à
la séance du 13, ces comptes rendus n'a-
vaient pas reçu de publicité officielle, et l'on
n'a pas oublié que le *Paris-Journal* seul
avait pu se les procurer; la publication qu'il
en fit, non sans les payer fort cher à un
faux-frère, excita les fureurs de la Commune et provoqua sa suppression.

Comment avait été décidée la publication
des comptes rendus des séances de la Commune? L'*Officiel* ne le dit pas ; mais on peut
supposer que l'on éprouvait le besoin de
rassurer la population sur la nature des
discussions, restées jusque-là aussi mysté-

rieuses que possible. D'ailleurs, le télégraphe apportait incessamment de nouveaux bulletins de victoire, et il était bon de prouver à tous que l'on avait pleine liberté d'esprit pour traiter les plus graves questions de législation commerciale, par exemple celle des échéances des effets de commerce.

Cependant les inquiétudes que l'on dissimulait n'en existaient pas moins dans la population ; les consuls étrangers se préoccupaient des dangers courus par leurs nationaux, et l'un d'eux, le consul d'Espagne leur adressait un avis que le *Journal officiel*, à sa prière, consentit à insérer, mais en langue espagnole ; nous la traduisons ici :

« En présence de la situation où se trouve cette capitale, dit-il, et des événements qui peuvent se produire par suite des opérations militaires de là guerre, le consul d'Espagne croit de son devoir de prévenir ses compatriotes du danger qu'ils courent en restant

dans cette ville, s'ils ne la quittent immédiatement.

« A cet effet, peuvent se présenter au con-
sulat aujourd'hui, demain et après-demain,
et y prendre les pièces nécessaires pour effectuer leur voyage, tous ceux qui ne veulent pas se rendre responsables des dangers
auxquels ils s'exposent s'ils ne transportent
pas leur domicile hors de cette capitale.

« A Paris, le 19 avril 1871. — Le consul
d'Espagne : José M. Calvo y Ternel. »

Tout le monde à Paris, malgré l'*Officiel*,
malgré les affiches, malgré les cris de joie
de la presse amie, n'était donc pas dupe des
bulletins de victoire qui se prodiguaient à
toutes les pages et sur tous les murs : deux
symptômes graves contribuaient à répandre
l'alarme dans la population. Les listes de
blessés, imprudemment publiées dans l'*Officiel*, et faisant connaître les noms des fédérés
soignés dans les ambulances de Paris et de
Versailles, n'avaient rien de rassurant ; en

outre, une compagnie d'aérostiers, sous les ordres du capitaine Duruof, venait d'être formée par la Commune, et nul ne doutait, malgré les considérants du décret, qu'elle n'eût pour but de fournir des moyens de fuir aux chefs de l'insurrection, si les citoyens n'y mettaient bon ordre.

Les deux pièces que nous rappelons figurent dans l'*Officiel* du 21 avril, et à la liste des blessés le n° du 22 joint même une liste des prisonniers envoyés à l'île d'Aix par le gouvernement de Versailles.

Aux dangers de la lutte et à ses conséquences venait s'ajouter la crainte de la famine : le *Journal officiel*, dans son numéro du 22 avril, s'attache à rassurer la population : «On a parlé, dit-il, d'un nouvel investissement de Paris... Ce que nous voyons jusqu'ici, c'est un blocus d'observation qui n'empêchera pas le ravitaillement de la capitale, et qui, par conséquent, ne pourrait y amener la famine.

« Du reste, le pain est très-loin de man-quer... Paris, moins peuplé, ne consomme plus que cinq mille quintaux de farine par jour au lieu de huit mille. Nous avons donc du « pain sur la planche » pour de longs mois encore. »

En même temps, la Commune reconsti-tuait ses commissions, et maintenait ou ap-pelait Cluseret à la guerre, Jourde aux fi-nances, Viard aux subsistances, Paschal Grousset aux relations extérieures, Vaillant à l'enseignement, Protot à la justice, Raoul Rigault à la sûreté générale, Franckel au travail et échanges, Andrieu aux services pu-blics. — Chacun d'eux était responsable, sous le contrôle des cinq membres de cha-que commission et de la Commune, et avait, seul, l'initiative des mesures qu'il jugeait utiles sans que la commission chargée de contrôler ses actes pût les entraver. — Sur la proposition de Delescluze, le pouvoir exécutif demeure confié aux neuf délégués.

Nous avons quitté, pour un instant, l'histoire de l'*Officiel* pour nous occuper des pouvoirs dont il est l'organe. Nous y revenons, et c'est dans la séance suivante de la Commune, séance du 21 avril, publiée dans le numéro du 23, que nous trouvons la discussion de questions graves qui touchent à ses conditions d'existence. L'*Officiel* sera-t-il gratuit pour les électeurs ayant pris part aux derniers votes? Sera-t-il vendu 5 cent. et affiché à un grand nombre d'exemplaires? Ce journal constitue-t-il une propriété particulière ou une propriété nationale?

Nous ne pouvons mieux faire que de reproduire ici un extrait de la séance.

Au début, diverses rectifications au procès-verbal de la séance précédente sont réclamées, et, à ce propos, le citoyen Amouroux fait la déclaration suivante : « A mon avis, il ne devrait y avoir qu'un seul journal. Les supprimer tous. En temps de guerre, il ne doit y avoir que l'*Officiel*. » Cette proposition n'est pas relevée. La séance continue.

Le citoyen RASTOUL. — Je demande la parole, c'est à propos de l'*Officiel*. Il m'arrive chaque jour des plaintes nombreuses, et je crois qu'il en est de même pour mes collègues, sur le prix de l'*Officiel*. Il y a beaucoup d'autres journaux qu'on vend cinq centimes, et la plupart se vendent dix centimes ; je demande que l'on réduise le prix de l'*Officiel*.

Le citoyen VIARD. — En présence des fautes nombreuses que nous avons commises, je demande que le prix soit mis à cinq centimes ; tout le monde ne peut acheter un journal trois sous. L'*Avant-Garde* se vend un sou. Vous vous ferez lire en vous réduisant au prix auquel se débitent toutes les futilités qui se vendent dans les rues.

Le citoyen AMOUROUX. — Le compte rendu est prêt à neuf heures et demie du soir ; je m'étonne donc que le journal soit imprimé si tard. On m'objecte que le *Journal officiel* est une propriété particulière. Eh bien, je dis que ce doit être une propriété nationale; s'il ne l'était pas il y a quinze jours, il doit l'être aujourd'hui.

J'appelle votre attention sur la vente. Je ne demande pas mieux que d'en réduire le prix.

Le citoyen Félix PYAT demande que l'*Officiel* soit gratuit et public. Tous les démocrates demandent l'instruction gratuite. Si ' vous voulez être logiques et habiles, vous devez demander comme moi la gratuité de l'*Officiel*. Votre journal n'est pas une propriété privée, c'est une entreprise de l'État, payée par l'impôt; vous ne pouvez pas faire payer le pauvre. Je demande la gratuité.

Le citoyen RASTOUL demande qu'il soit envoyé gratuit à tous ceux qui ont voté.

Plusieurs membres. Oui ! oui ! gratuit !

Le citoyen OSTYN, tout en approuvant la largesse de la proposition Pyat, n'en voit pas les moyens pratiques.

Le citoyen Paschal GROUSSET. — Je comprends que Pyat propose l'affichage d'un grand nombre de numéros, mais non la gratuité.

Le citoyen VIARD. — Voulez-vous intéresser la population avec l'*Officiel?* Donnez-lui une rédaction vraiment républicaine, socialiste, révolutionnaire.

Le citoyen F. PYAT. — Vous n'êtes pas dans la question !

Le citoyen VIARD. — Pardon, j'y suis, écoutez-moi. Je suis jeune, mais je suis pratique. (Aux voix ! — La clôture!)

Le citoyen OUDET. — Je demande la parole contre la clôture, parce qu'il me semble que la question n'a pas été suffisamment élucidée.

En Belgique, il y a des journaux à deux centimes qui se répandent à des millions d'exemplaires.

Eh bien ! que le *Journal officiel* traite des intérêts du peuple, et le peuple sera heureux de le lire. Vous verrez ensuite comment vous le distribuerez, et si vous ne devez pas l'envoyer gratuitement à ceux qui ne peuvent l'acheter... (La clôture !)

Le PRÉSIDENT (citoyen Varlin). — La clôture est demandée, je mets la clôture aux voix. (Elle est adoptée.)

Nous nous trouvons maintenant en présence de trois propositions :

La première du citoyen Félix Pyat, qui demande que l'*Officiel* soit distribué tous les jours gratuitement à chaque électeur qui a pris part aux dernières élections;

La seconde, qui demande l'affichage en grand

nombre et la vente à 5 centimes par exemplaire ;

La troisième, qui demande simplement la vente à 5 centimes.

Le président met aux voix la proposition la plus large, c'est-à-dire la première.

Quelques membres ne savent comment on s'y prendra pour distribuer les exemplaires aux électeurs.

D'autres demandent que l'on consulte les listes électorales.

LE PRÉSIDENT, cédant aux observations d'une partie de l'assemblée, veut mettre la deuxième proposition aux voix.

Le citoyen Félix PYAT insiste pour que l'on vote sur la distribution gratuite, faisant l'objet de la première proposition.

LE PRÉSIDENT. — Que ceux qui sont d'avis de distribuer gratuitement l'*Officiel* à tous les élccteurs qui ont voté aux dernières élections veuillent bien lever la main.

> Pour. . . . . 25 voix.
> Contre. . . . 32 —

Seconde proposition :

Que ceux qui sont d'avis d'afficher un grand nombre d'exemplaires de l'*Officiel* et de le vendre à raison de 5 centimes lèvent la main.—(Adopté.)

Malgré la décision formelle prise par la Commune, rien n'indique que le prix de vente de l'*Officiel* ait été changé; les abonnements restent toujours fixés à 40 francs par an, pour Paris comme pour les départements.

Rien non plus n'est changé dans la composition du journal. Toujours même profusion d'arrêtés ou de décrets : on s'inquiète peu du mot. Tantôt c'est Raoul Rigault qui rend un decret; tantôt c'est la Commune qui prend un arrêté. — C'est à l'occasion de cette profusion d'arrêtés que parut dans le *Pirate* l'épigramme suivante :

> Quand devant un mur on s'arrête,
> On y peut lire un arrêté
> Disant que la Commune arrête ;
> Dans l'autre, c'est le Comité.

> Délégués, généraux, arrêtent ;
> On voit arrêter maint civil ;
> Entr'eux tous ces messieurs s'arrêtent :
> Où cela s'arrêtera-t-il ?

> *(Numéro du 19 mai.)*

De leur côté, les chefs de service continuent leurs communications : directeur général des postes, directeur général des con-
tributions indirectes, directeur général des
domaines.

Ce dernier se distingue par son amour de
la phrase. S'il envoie aux ambulances un
lot de tabliers et de serviettes pris aux Tuileries, il a soin d'ajouter :

« La Commune de Paris est heureuse de
pouvoir consacrer au soulagement des braves
citoyens qui défendent si héroïquement la
République, et qui sont blessés en combattant pour nos droits et notre indépendance,
le linge qui jusqu'ici n'a servi qu'aux valets
impériaux de tout grade et de tout rang. »

Cette forme pompeuse ne serait-elle point
imitée de l'arrêté bouffon pris à Pau le 16
janvier 1871 par le préfet de cette époque :
« Considérant que *la nation doit utiliser, pour
guérir ses plaies, ce qui faisait les délices de
l'Empire*, ARRÊTONS : le château de Pau et la

villa de Biarritz, anciennes résidences impériales, sont transformés en ambulances. »

Jusqu'au vendredi 28 avril, l'*Officiel* et le
citoyen Longuet qui y règne et gouverne,
passent inaperçus aux yeux de la Commune.
Mais à cette date une « information militaire» trop légèrement insérée dans le journal cause un grand émoi à l'Hôtel-de-Ville.

«Une personne digne de foi se trouvait
à Nogent-sur-Marne le 25 courant.

«Elle a vu, de ses yeux vu, les Prussiens
livrer un canon Krupp et quatre mitrailleuses aux troupes de Versailles..., etc. »

Dès le lendemain, le compte rendu de la
séance de la Commune contenait des déclarations des citoyens Vaillant et Régère, affirmant de la manière la plus nette la neutralité absolue des Prussiens. Ce fut le signal
d'une attaque à fond contre Longuet, « qui
ne lisait pas son journal, » et d'observations
sur le maintien abusif du prix de 15 centimes auquel était vendu l'*Officiel*. — Nous

3.

reproduisons cette partie de la séance : on y verra comment les questions étaient prises, oubliées, reprises et avec quelle légèreté peu scrupuleuse elles étaient traitées par les hommes de la Commune.

« Le citoyen PRÉSIDENT (Jules Vallès). — A ce propos, je dois dire que je regrette une insertion qui a été faite, ce matin, à l'*Officiel*, et qui ferait croire que les Prussiens n'observent pas la neutralité.

Le citoyen VAILLANT. — Je ferai remarquer qu'il est possible que cette insertion a dû paraître à l'*Officiel*, sans l'autorisation du citoyen Longuet.

Je demande que le citoyen Longuet fasse une enquête à ce sujet.

Le citoyen ANDRIEU. — J'appuie ce que vient de dire le citoyen Vaillant. Dans l'*Officiel*, si un seul rédacteur ne suffit pas, qu'on en nomme plusieurs.

Le citoyen PRÉSIDENT prononce quelques mots (?)

Le citoyen LEFRANÇAIS. — Je demande, devant cet incident, qui se reproduit encore aujourd'hui, que l'on procède à la nomination d'une nouvelle rédaction officielle. Le citoyen Longuet, qui est absent en ce moment, est seul pour s'occuper de cette besogne ; il est en même temps administrateur de son arrondissement et membre de deux commissions ; il ne peut évidemment s'occuper de toutes ces fonctions à la fois.

J'ai accepté, avec plusieurs de mes collègues, de prendre part aux travaux du 6ᵉ arrondissement, qui est très-important ; mais nous sommes exposés à ce que les électeurs nous disent qu'ils ne nous connaissent pas, puisqu'ils ont nommé le citoyen Longuet.

Je demande que le citoyen Longuet reste à son arrondissement et qu'on le remplace à l'*Officiel*.

Le citoyen PRÉSIDENT. — L'assemblée veut-elle donner suite à l'incident ?

Le citoyen ALLIX. — Les municipalités sont plus importantes qu'un journal.

Le citoyen VÉSINIER. — Je demande qu'un numéro de l'*Officiel* soit envoyé à chaque membre de la Commune.

Le citoyen J.-B. CLÉMENT. — Je demande que l'*Officiel* soit mis à 5 centimes.

Je demande que le *Journal officiel* de la Commune de Paris ne soit pas le plus cher de tous les journaux de Paris. Je demande qu'on le mette à la portée de nos soldats.

Un membre. — Je ne comprends même pas qu'une résolution n'ait pas été prise à ce sujet.

Le citoyen PRÉSIDENT. — Je n'étais pas là lorsque la question a déjà été discutée; mais il me semblait que le citoyen Longuet avait d'abord demandé un caissier pour arriver à établir la situation régulière et fixer le prix du journal.

Le citoyen VÉSINIER. — J'insiste pour qu'un numéro de l'*Officiel* soit adressé à chaque membre.

Le citoyen ALLIX. — Il n'est pas nécessaire qu'un membre de la Commune ait la direction de l'*Officiel*.

Le citoyen LEFRANÇAIS. — Au contraire, le directeur du *Journal officiel* doit être pris en dehors de la Commune.

Le citoyen BILLIORAY. — Je demande qu'il y ait une direction qui fasse vendre et distribuer l'*Officiel*.

Tous les journaux de Paris ont des marchands; l'*Officiel* seul n'a rien; il devrait être le plus répandu des journaux.

D'un autre côté, le citoyen Longuet ne lit pas son journal. Aujourd'hui, il y a un fait relatif aux Prussiens qui auraient donné des canons aux Versaillais. Je crois qu'un contrôle devrait être exercé avant qu'on mît ces nouvelles au jour.

Le citoyen VARLIN. — Je crois que chaque fois que vous faites des décrets, il serait bon que vous chargiez quelqu'un de l'exécution de ces décrets. C'est ce qu'on n'a pas fait pour cette question de l'*Officiel*. De quel ministère dépend l'*Officiel*?

Le citoyen OSTYN. — De la sûreté générale.

Le citoyen VARLIN. — Eh bien ! chargez la sûreté générale de prendre les mesures nécessaires pour que l'*Officiel* soit vendu dès demain 5 centimes. Quant à la question financière, on peut la régler d'ici deux ou trois jours.

Le citoyen GROUSSET. — Citoyens, j'ai parlé de cette question avec Longuet, qui m'a fait observer que la question était plus large que cela. L'*Officiel* est une propriété individuelle; avant de le mettre à 5 centimes, vous avez donc à le déclarer propriété de la Commune, et puis vous aurez à faire dresser un état de situation de la caisse, afin d'indemniser, s'il y a lieu, le propriétaire; vous auriez donc à nommer une commission chargée de régler cette question.

Le citoyen JOURDE. — L'*Officiel* appartient, pour le moment, à une industrie privée. Vous ne pouvez pas décréter qu'une valeur de vingt sous sera vendue cinq centimes. Mais je crois que votre commission de finances pourra s'entendre avec les propriétaires de l'*Officiel*, afin de les rembourser dès pertes qu'ils pourraient faire. Votre délégué aux finances peut prendre des mesures générales, de manière à ce que, dès demain, l'*Officiel* soit vendu cinq centimes.

Il est important pour la Commune que votre journal ait une unité de direction, pour qu'il soit rédigé de façon à ce que des rédacteurs intelligents, sérieux, soient mis à l'*Officiel* et servent la Commune au lieu de la desservir. Je demanderai si les membres de la Commune peuvent y envoyer des articles.

Le citoyen PRÉSIDENT lit la proposition suivante :

« Je demande que l'*Officiel* soit distrait de la sûreté et renvoyé à l'enseignement. »

Le citoyen Jules ANDRIEU. — Citoyens, la commission de sûreté, si elle était consultée dans tous ses membres, serait la première à reconnaître qu'elle n'a pas le temps nécessaire pour bien juger d'une question de rédaction. Je dois dire qu'il ne faut pas oublier que l'*Officiel* s'appelle toujours *Journal officiel de la République française*, quand il devrait simplement s'appeler *Journal officiel de la Commune*. Il doit appartenir à la commission qui représente la Commune dans son unité d'action, je veux dire à la commission exécutive.

Le citoyen JOURDE. — Vous chargerez la sûreté de s'entendre avec moi ; mais, d'abord, il faut que la sûreté s'entende avec les possesseurs actuels pour les indemniser sur leurs propositions, si elles sont fondées. Je puis déclarer que j'indemniserai pour les frais que fera l'*Officiel*, lequel sera vendu cinq centimes.

Le citoyen PRÉSIDENT donne lecture de la proposition suivante :

« Le journal *Officiel* se vendra, à partir de demain, 29 avril, à raison de cinq centimes. Le délégué aux finances est chargé d'allouer l'indemnité, réclamée sur pièces justificatives, à l'administration du journal. La commission de sûreté générale est chargée de liquider la situation administrative du journal *Officiel*, de fixer l'indemnité et d'administrer ce journal au nom de la Commune. »

Le citoyen JOURDE. — La semaine dernière, il y avait à l'*Officiel* un déficit de 942 fr. que j'ai payé. Il est clair que nous pourrions dès aujourd'hui nous emparer de l'*Officiel* ; mais une pareille mesure ne pouvait se faire du jour au lendemain sans une profonde perturbation. En attendant, les finances feront tous leurs efforts, et je pourrai payer les écarts ; les écritures sont régulières : il n'y a pas d'inconvénients à ce que la

Commune me donne l'autorisation d'agir de la sorte. Que la sûreté veille activement à la rédaction du journal. Je me charge de la partie financière.

Le citoyen VERMOREL. — J'appuie la proposition Jourde; seulement je demande que la rédaction du journal ne soit pas donnée à la sûreté générale, mais à la commission exécutive.

L'*Officiel* résume le travail de toutes les commissions; il est très-naturel que la commission exécutive le prenne.

Le citoyen PRÉSIDENT. — Voici un projet de décret proposé par le citoyen Andrieu :

« Art. 1ᵉʳ. — Le *Journal officiel* prendra le nom de *Journal de la Commune.* »

Le citoyen Paschal GROUSSET. — Je m'oppose absolument, pour mon compte, à ce que le titre du *Journal officiel* soit changé.

Le titre actuel est une force pour nous. Si nous prenions celui de *Journal de la Commune de Paris,* nous nous retirerions cette force.

Le *Journal officiel de la République française* est à Paris; quel intérêt avons-nous à le changer? Aucun.

Quel intérêt à le conserver ? celui-ci : c'est que, pour toute la France, le *Journal officiel de la République française* est et doit être à Paris, et que le véritable *Journal officiel* ne peut pas être celui de Versailles.

Nous détenons là une sorte d'otage matériel : le *Journal de la République française ;* je demande qu'on lui conserve ce caractère, et qu'on n'annule pas ce gage entre nos mains.

Le citoyen JOURDE. — Je renouvelle une proposition qui consiste à dire que la sûreté générale prendra possession de l'*Officiel*, et que le délégué aux finances payera une indemnité nécessaire. (Aux voix !)

(La proposition Jourde est mise aux voix et adoptée.)

Le citoyen PRÉSIDENT. — Il y a maintenant une autre question : celle de savoir si l'administration de l'*Officiel* dépendra de la sûreté, ou...

Plusieurs voix. — Cela viendra plus tard.

Le citoyen PRÉSIDENT. — L'ordre du jour appelle la discussion sur le Mont-de-Piété.

Il y a de tout dans cette mémorable séance, curieuse à plus d'un titre. On y voit d'abord le peu de confiance qu'inspirait le rédacteur en chef Longuet, « qui ne lit pas son journal », et dont on demande le remplacement par des rédacteurs étrangers à la

Commune, « intelligents, sérieux et qui servent la Commune au lieu de la desservir »; on y voit ensuite cette confusion des pouvoirs par suite de laquelle on ne sait si la direction de *l'Officiel* doit ressortir à la sûreté générale, à l'enseignement ou à la Commission exécutive; on y voit que deux questions déjà résolues, la question du prix de vente et la question du titre, sont reprises sans que personne songe à rappeler les précédents; on y entend Vésinier, toujours préoccupé de faire dévier une discussion qui le gêne évidemment, sans que l'on sache pourquoi. Des propositions y sont formulées dont pas une ne reçoit de décision, excepté celle qui touche au prix de vente. Or, précisément cette décision, prise pour la seconde fois par l'assemblée, n'est pas plus exécutée alors que la première fois.

Le *Journal officiel de la République française* conserve son titre, demeure aux mains de M. Wittersheim, qui continue à le signer

comme imprimeur-gérant, maintient tout à
la fois le prix de ses abonnements et son
prix de vente au numéro, et Longuet reste
chargé de la direction.

Longuet avait été rudement traité à la
Commune; à la séance suivante, celle du
30 avril, il fut de nouveau pris à partie. On
demande pourquoi *l'Officiel* continue à se
vendre 15 centimes : — et cette question
reste sans réponse, — et pourquoi les
comptes rendus de la séance sont à la fois
inexacts et tronqués.

Longuet saisit l'occasion de se disculper
qui lui était offerte : — « Je suis heureux,
dit-il, qu'on parle de *l'Officiel* lorsque je suis
ici. » — En effet, c'était toujours pendant
son absence que des hommes sans compétence avaient traité une affaire qu'il connais-
sait peu sans doute, mais moins mal qu'eux
tous. — « Je vais, ajouta-t-il, vous faire tou-

cher du doigt la singularité des choses qui
se disent sur *l'Officiel.* »

L'orateur est brusquement interrompu ;
les uns réclament le procès-verbal ; d'autres
persistent à attaquer et le journal et son directeur.

— « Ce n'est pas moi, s'écrie Longuet,
qui peux répondre, attendu que je ne fais
pas partie de la rédaction de *l'Officiel*, que
je n'y écris pas une seule ligne. » (Bruit ;
mais ce n'est pas vous qu'on accuse ! — In-
terruptions en sens divers.)

Décidément Longuet n'a pas l'oreille ;de
l'assemblée. Il ne s'obstine pas moins à se
justifier : — « Que les membres qui m'inter-
rompent, dans mon intérêt, je le reconnais,
me permettent de m'expliquer ! » Suit un
aveu curieux : « A *l'Officiel*, on m'apporte
des comptes rendus assez mal faits pour que
de ma propre initiative je sois obligé de retrancher quelques mots malheureux. Mais
si je n'ai qu'une valeur négative à *l'Officiel*,

on ne peut pas me la refuser. D'ailleurs, j'ai
conservé les procès-verbaux, que je pourrai
vous montrer.

« Mais la question de *l'Officiel* avait été
soulevée l'autre jour, et, à ce propos, j'avais
fait une proposition; je l'avais faite officieusement. Avant de rentrer plus au fond de
la question, que je trouve intolérable...
(Bruit.)

« Je dis, je demande, et j'ai pour moi
toutes les traditions possibles, je demande
à répondre à ce qui a été dit en mon absence
touchant *l'Officiel*. Je n'étais pas à la séance,
vous avez discuté et personne n'a protesté. »

Le citoyen Billioray prend alors la parole
et arrête son collègue Longuet, qui, dit-il,
prétend introduire, à propos du procès-
verbal, une question purement d'incident.

« L'incident » est clos; mais il reste acquis
que le procès-verbal lu à l'assemblée n'est
pas le même que celui qui figure à *l'Officiel*;
dans celui-ci, par exemple, on n'a pas exac-

tement reproduit certaines paroles de Parisel; on a complétement supprimé toute la partie de la séance relative à une proposition du citoyen Miot.

Le même jour où *l'Officiel* reproduisait le compte rendu que nous venons d'analyser et qui témoigne du peu de confiance accordée à Longuet par l'assemblée, le malheureux donnait une nouvelle preuve de son incurie. Il acceptait ou laissait passer un « rapport au citoyen Tridon, membre de la Commune, délégué à la commission de la guerre », rapport qui ne consacrait pas moins d'une colonne entière à l'éloge de l'intendance. Et de qui était signé ce rapport? Des frères May : de G. May, intendant général ; d'Élie May, intendant divisionnaire. Quel autre aurait pu dire du bien de leur service, à la veille même du jour où la Commune, si peu scrupuleuse qu'elle fût, les révoquait de leurs fonctions?

Aussi, le mardi 2 mai, on lit dans la partie officielle : « Les citoyens Arthur Arnould et Vermorel ont été adjoints au citoyen Longuet .pour faire sur le *Journal officiel* un rapport qui sera présenté à l'Assemblée. »

Longuet n'était pas jugé assez capable ou assez désintéressé pour faire seul un rapport susceptible d'être pris en considération.

Le 3 mai, nouveau déboire pour le directeur de *l'Officiel;* il se voit obligé d'insérer la note suivante dans la partie officielle :

« Les citoyens May, l'un intendant général, et l'autre intendant divisionnaire, révoqués pour motifs sérieux, ont trouvé moyen de faire insérer dans le *Journal officiel*, en l'absence du directeur, un panégyrique de leurs actes, qui est faux d'un bout à l'autre.

« Une enquête est ouverte.

« *Le Membre de la commision de la guerre, chargé du contrôle de la manutention,*

« G. TRIDON. »

L'histoire de *l'Officiel* est, en grande partie, comme on le voit, l'histoire des tribulations de son directeur. Il est peu de séances de la Commune où le journal ne soit en jeu : on réclame contre ce qu'il dit, on se plaint de ce qu'il ne dit pas, on discute sur ce qu'il doit insérer ou supprimer dans les procès-verbaux de l'Assemblée ; on propose, et c'est Longuet lui-même, devenu timide, qui en prend l'initiative, certains articles destinés à éclairer la population, comme « le récit complet, et, pour la première fois, véritablement historique, de l'affaire Bréa. »

Rien ne montre mieux que le désordre des comptes rendus, le désordre d'esprit des membres de l'Assemblée, et c'est alors qu'un journal satirique, hostile à la Commune, *le Fils du Père Duchêne*, fils renégat du « marchand de fourneaux », ose publier ce spirituel procès-verbal d'une séance de la Commune, qui peint si bien la vanité, la sottise, la forfanterie, la prudence extrême des maîtres de Paris, spirituelle parodie que l'on nous saura gré de reproduire ici, mal-gré son étendue :

Minuit. La séance est ouverte.

Le citoyen Vésinier. — Citoyens, j'ai reçu une lettre tantôt de notre collègue J.-B. Clément, l'auteur, comme vous le savez, de *T'en auras pas l'étrenne,* qui m'annonce qu'ayant une nouvelle chansonnette très-pressée à finir pour la citoyenne Bordas, il se voit, à son grand regret, privé de l'honneur de figurer parmi nous à la séance de ce soir.

Plusieurs voix. — Très-bien ! Très-bien !

Citoyen Rigault. — Je ne savais pas que ce fût ce même Clément qui fît ces chansons grivoises qu'autrefois on chantait avec tant de succès à l'Alcazar... J'aurai l'œil dessus.

Citoyen Lefrançais. — La séance est ouverte, et puisque nous voici tous à peu près réunis, nous ferions peut-être bien de nommer un président.

Citoyen Verdure. — Pas de président !

Citoyen Billioray. — Non, pas de président !

Citoyen Lefrançais. — Cependant...

Citoyen Varlin. — Il est évident que le titre de président implique une certaine aristocratie hié-rarchique que nous ne saurions supporter.

4

Citoyen BILLIORAY. — Parfaitement : il y a des présidents à la cour d'assises (mouvement), à la police correctionnelle (second mouvement), au conseil de guerre (troisième mouvement), à l'Assemblée nationale (hue ! hue !); il ne saurait y avoir de président à la Commune libre de Paris. (Bravos prolongés.)

Citoyen DELESCLUZE. — Pour en finir avec ces discussions qui nous font perdre un temps précieux, je propose de nommer un *délégué* à la présidence.

Plusieurs voix. — C'est çà, c'est çà, un délégué !

Citoyen PROTOT. — Je propose comme délégué à la présidence le citoyen Delescluze, qui vient de résoudre si heureusement la difficulté qui arrêtait nos délibérations.

Plusieurs voix. — Oui, oui.

Citoyen RIGAULT. — J'ai beaucoup connu un mouchard qui s'appelait...

Citoyen DELESCLUZE. — Oseriez-vous par hasard soupçonner...

Citoyen RIGAULT. — Je ne soupçonne pas, seulement je surveille, puisque je suis délégué à la police.

DELESCLUZE. — Citoyens, vous savez que je suis l'homme aux résolutions intègres, promptes et radicales. Par conséquent, procédons de suite à nos travaux. Nous avons la question soumise par la commission d'enseignement ; la parole est au citoyen Jules Vallès.

Jules VALLÈS. — Il est incontestable que la façon dont l'instruction de la jeunesse a été dirigée jusqu'à présent est la cause première de l'abrutissement et de l'avachissement de notre génération.

Si vous voulez lui infuser un sang nouveau, lui donner cette virilité qui lui manque, il est indispensable d'apporter dans l'enseignement des réformes radicales et importantes.

Par conséquent, nous proposons :

1° La suppression des études classiques ;

2° L'abandon complet du vieil Homère et de ses vieux casques, du tendre Virgile et de ses Didon chlorotiques ;

3° L'auto-da-fé des œuvres de Corneille, de Racine, de Molière, etc., etc., qui ne constituent que de plates imitations des auteurs invalides, ankylosées et édentés dont je viens de vous parler;

4° Suppression de l'étude de l'orthographe qui n'est, après tout, qu'une aristocratie de la langue incompatible avec les vrais principes républicains.

VARLIN. — Et vous remplacez tout cela...

VALLÈS, fièrement. — Par la lecture du *Cri du*

Peuple, dix centimes le numéro, chez tous les libraires.

CHARDON. —Un aide de camp !

L'AIDE DE CAMP. — Citoyens, tout va bien ! L'armée de Versailles est en pleine déroute, la brèche du Mont-Valérien est de plus en plus appréciable !

Plusieurs voix. — Bravo !...

L'AIDE DE CAMP. — Nous avons enlevé deux canons à l'ennemi...

CLUSERET, fièrement. — Vivat.

L'AIDE DE CAMP.—Sur six qu'il nous avait pris!...

CLUSERET. — Alors, ça fait quatre de perdus. Il fallait garder ça pour vous.

L'AIDE DE CAMP. — Naturellement !...

CLUSERET. — Et vous avez beaucoup souffert?...

L'AIDE DE CAMP. — Nous avons essuyé le feu d'une artillerie considérable... ainsi que des feux de peloton qui se succédaient sans discontinuer.

DELESCLUZE. — Alors la lutte a été horrible.

L'AIDE DE CAMP. — Horrible !

CLUSERET. — Nos gardes ont dû bien souffrir. Combien sont-ils revenus?

L'AIDE DE CAMP. — Un de plus !... Il s'était glissé dans les rangs une citoyenne qui, sur le champ de bataille, est accouchée d'émotion d'un garçon !

CLUSERET. — C'est magnifique !

COURBET. — Magnifique ! A bas la colonne Vendôme et vive la Commune !

Plusieurs voix. — Vive la Commune !

CLUSERET. — Citoyens, nos opérations militaires marchent admirablement. Si j'ai abandonné Courbevoie et le pont de Neuilly, c'est par suite de combinaisons stratégiques dont vous reconnaîtrez bientôt la profondeur.

Maintenant, il est une chose que je viens demander à votre patriotisme et à votre courage, c'est de venir vous mettre à la tête de nos bataillons fédérés. Précédés par vous, ils seront invincibles, et je réponds de la victoire.

VERMOREL. — C'est une folie. La vie des membres de la Commune est inviolable.

(Personne ne se lève.)

CLUSERET. — Personne ne bouge ! En vérité, citoyens, votre mollesse et votre inertie m'affligent, Si ce n'est qu'une question d'humanité qui vous arrête, si c'est l'horreur de vous égorger entre Français qui vous paralyse, tudieu, prenez-moi pour modèle, faites-vous naturaliser Américains, et c'est *le cœur léger* alors que, comme moi, vous ferez la guerre civile en France.

(*La séance est levée au milieu d'un très-grand froid.*)

4.

Heureusement, les jours passent, passent, et l'heure de la délivrance approche. Les opérations militaires de la Commune, toujours victorieuse cependant, exigent le plus grand secret. De là cette proposition faite à la Commune de Paris par le citoyen Mortier :

« Aucun journal, sauf *l'Officiel*, sous aucun prétexte, n'insérera d'articles touchant aux opérations militaires.

« Tout journal contrevenant sera supprimé (d'abord), et poursuivi (ensuite) devant les tribunaux. »

Bien que les procès-verbaux de la Commune ne disent mot de cette proposition, sans doute discutée et adoptée en comité secret, on sait assez combien la Commune se montra prodigue de mesures de rigueur contre les journaux. Nous sommes au 9 mai ; mais déjà le 5 mai avait été prononcée la suppression du *Petit Moniteur*, du *Petit National*, du *Bon Sens*, de la *Petite Presse*, du *Petit Journal*, de *la France* et du *Temps*. On

y trouvait tout avantage : les feuilles des
citoyens Vallès, Delescluze, Pyat, Grousset,
et *tutti quanti*, se vendaient davantage, et
l'Officiel y trouvait un regain de succès. —
Mais les rieurs eurent beau jeu : la Commune a supprimé le *Bon Sens*, disaient-ils.
Ce n'était vraiment pas la peine de le dire.

Cependant le *Journal officiel* laissait encore quelque peu à désirer; les procès-verbaux de la Commune, autrefois inexacts,
étaient devenus d'une fidélité rigoureuse
jusqu'à la cruauté; on y reproduisait jusqu'au charabia des membres de l'Assemblée,
Le public, si peu disposé qu'il fût à la gaieté,
riait de ses législateurs sans orthographe,
qui, avant de réformer la France, auraient
dû prendre soin de réformer leur langage.
Une pétition burlesque parut même à ce
sujet dans un journal courageux : — Citoyen rédacteur, disait-on, en attendant que
le droit de pétition soit reconnu par nos

gouvernants, voulez-vous donner asile à mon humble supplique :

Je demande que les procès-verbaux de la Commune soient rédigés en français.

C'est peut-être exiger beaucoup, mais enfin la lecture des comptes rendus du *Journal officiel* vous prouvera qu'il y a urgence.

Je cite au hasard :

Journal officiel du 23, séance du 21 avril :

« Le citoyen ALIX. — Je demande *à ce* qu'on fasse l'appel de tous les membres.

« Le citoyen RÉGÈRE. — Je demande à ce qu'on laisse aux candidats la liberté de se présenter eux-mêmes. (Comme Bergeret.) »

Et le citoyen OUDET :

«*Je demanderai* à être relevé de mon poste ; je *demanderai* que des citoyens dévoués aillent là-bas ; je *demanderai à ce que* Longuet *se rendît* à ce poste. »

Le citoyen LEDROIT *demande* qu'on se rappelle le décret qui demandait que l'on *rende* la justice gratuitement.

Il faudrait encore vous signaler, citoyen
rédacteur, la *permanence* qui se tient à
l'Hôtel-de-Ville :

« Depuis quatre jours *je n'en ai pas
quitté!* » dit le citoyen Amouroux.

En attendant que l'instruction obligatoire
englobe l'Hôtel-de-Ville *lui-même*, je vous
propose d'ouvrir dans vos bureaux une sous-
cription pour un *bonnet d'âne d'honneur*.

Recevez, citoyen rédacteur, etc. »

Un des membres de la Commune s'émut
des plaisanteries dans le genre de celle-ci,
qui couraient au sujet de l'éloquence trop
incorrecte de ses collègues. Son nom le pré-
destinait d'ailleurs à une réclamation de
cette nature : c'était le citoyen Lefrançais. Un jour, il s'écria en pleine séance :
« Que l'on nous fasse parler français au
moins ! »

A quoi le citoyen Amouroux, chapelier
et secrétaire de la Commune, répondait :
« Le citoyen Longuet vous a dit l'autre jour

qu'il relisait *presque* toujours les copies. *S'il y a quelques fautes de français, elles échappent* aux secrétaires, à moi et à Longuet. »

La question est grave. Il est de toute nécessité que les représentants du peuple de Paris se distinguent par la pureté du langage comme par la pureté des mœurs : où serait, sans cela, la supériorité de ces gentilshommes de Mouffetard et de Belleville ?

Le citoyen Avrial met le doigt sur la plaie et indique le remède. Il faut plus de secrétaires, et de meilleurs. « Que l'on adjoigne au citoyen Amouroux le citoyen Arnould, par exemple. »

— « Je l'avais demandé, dit le citoyen Amouroux, enchanté de diminuer sa responsabilité en la partageant. Mais mon collègue, le citoyen Arnould, ne peut m'aider; il est lui-même accablé de travail. »

L'Assemblée a des doutes, à ce qu'il semble, et aussitôt le citoyen Arnould, qui veut ménager ses forces, pour les consacrer plus

longtemps au service de la Commune, donne
la raison de son refus :

— « Il est impossible que j'accepte un
travail de nuit. Avant trois jours je serais au
bout de mes forces. »

C'est alors que le citoyen Eudes, président,
déclare que « le citoyen Vésinier, étant
proposé, est nommé secrétaire de la Commune. »

Ce Triboulet de la presse n'est pas moins
lettré qu'Arthur Arnould, et sa santé lui
permet un surcroît de travail. Il est permis
de penser, en outre, qu'il trouve dans ses
nouvelles fonctions un moyen de faire pièce
au citoyen Longuet, avec qui il avait eu, un
mois auparavant, cette scène de pugilat que
nous avons rappelée. — Nous verrons bientôt
qu'il le supplanta tout à fait.

Longuet, malgré tant de marques de défiance, ne voyait pas les piéges tendus sous
ses pas, ou il était incorrigible. Il acceptait,

sans faire d'observations, des comptes rendus
tronqués où des discours entiers, prononcés
par des orateurs fiers de leur éloquence,
n'étaient pas reproduits. Ceux-ci deman-
daient pourquoi ils étaient moins favorisés
que leurs collègues, dont *l'Officiel* enregis-
trait les moindres paroles. Le reproche
s'adressait en réalité aux secrétaires de la
Commune; mais c'était *l'Officiel*, toujours
l'Officiel, Longuet, toujours Longuet, que
l'on mettait en avant.

Delescluze, plus préoccupé des actes que
des paroles, prononçait alors son : « L'ennemi est à nos portes, et vous délibérez! »
— Eh! quoi, disait-il, « vous discutez quand
on vient d'afficher que le drapeau tricolore
flotte sur le fort d'Issy! »

Rossel, en effet, avait fait imprimer et
afficher sur tous les murs cette imprudente
nouvelle, et le *Journal officiel* avait commis
l'impardonnable étourderie de la reproduire. — Rossel fut destitué; Longuet,

complice de son indiscrétion, et complice
volontaire, à ce qu'il semble, se vit retirer
la direction de *l'Officiel*.

Deux jours après, on lisait dans *le Cor-*
saire (autrefois *le Petit National*) : « La
négligence de Longuet, qui a laissé, *malgré*
les instructions du Comité de salut public,
insérer à *l'Officiel* les derniers ordres du
citoyen Rossel, a été cause de son remplacement par le citoyen Vésinier. »

Longuet, dans les honneurs, était un
demi-dieu ; Longuet déchu prit de longues
oreilles et le goût des chardons ; *le Corsaire*,
du moins, l'affirme :

> Des séances de la Commune
> Il semble parfois résulter
> Que cette assemblée est, comme une
> Autre, portée à radoter.

> Si par hasard Chardon proteste
> Contre quelque arrestation,
> Longuet dresse l'oreille et peste...
> Comme pour avaler Chardon.

5

Avant son départ, Longuet eut encore à
insérer une rectification : le *Journal officiel*
n'était pas heureux dans ses insertions!
Dans son numéro du 4 mai paraissait, en-
châssé dans le compte rendu d'une séance
de la Commune, un état présenté par la
délégation des finances et résumant les
mouvements de fonds du 20 mars au 30
avril. On y lisait, parmi les payements faits
aux municipalités et à diverses administrations publiques : « A la Bibliothèque nationale, 30,000 francs. »

Il paraît que le vidangeur Vincent, administrateur délégué de notre premier dépôt
littéraire, n'avait pas versé à la caisse la
somme tout entière, et avait d'abord pré-
levé ses appointements, qu'il portait à
10,000 francs pour quarante jours; et de là
cette note rectificative publiée par *l'Officiel*
du 10 mai :

« Je, soussigné, chargé de la comptabilité
à la Bibliothèque Nationale, déclare avoir

reçu de M. J. Vincent la somme de *vingt mille francs* contre un reçu que je lui ai remis devant témoins.

« C'est par erreur que le *Journal officiel* du 4 mai 1871 porte l'indication d'une remise d'une somme de *trente mille francs.*

« P. Boizard. »

L'*Officiel* du 12 nous fait connaître la suite de cette affaire : les pouvoirs conférés au citoyen Jules Vincent par l'ex-préfecture de police lui furent retirés par la délégation de l'enseignement, qui en investit le citoyen Élie Reclus.

Le citoyen Longuet ne tarda pas à suivre le citoyen J. Vincent dans sa retraite; son passage au quai Voltaire avait coûté moins cher que le passage de Vincent à la rue Richelieu : l'état que nous avons cité ne porte comme versée au *Journal officiel* qu'une somme de 3,122 fr. pour la même période du 20 mars au 30 avril. Aussi Longuet et ses collaborateurs vivaient-ils misérablement chez le marchand de vin du coin, où, moins heureux que le citoyen Raoul Rigault, ils ne pouvaient dépenser 75 francs par repas.

C'est le numéro du 13 mai qui, dans la partie officielle, fait connaître aux lecteurs du journal de la Commune la nomination du nouveau directeur :

« Le citoyen Vésinier est nommé délégué au *Journal officiel* pour les fonctions de rédacteur en chef.

« Signé : LE COMITÉ DE SALUT PUBLIC. »

Le même numéro de l'*Officiel* publie le compte rendu de la séance de la Commune du 12 mai. Nous y trouvons un incident qui prouve que ce jour-là Longuet était encore en fonctions, et que sa disgrâce ne lui fut révélée que le lendemain matin par son propre journal.

Le citoyen URBAIN. — Il avait été décidé que
la séance d'avant-hier serait publiée *in extenso*, et
rien n'a encore été inséré à l'*Officiel*. Je demande
quelques explications à cet égard.

Le citoyen LONGUET. — Le compte rendu de la
séance d'avant-hier a été adressé à l'*Officiel*, mais
l'on m'a dit que le citoyen Paschal Grousset était
venu en empêcher l'insertion, en disant qu'on
allait recevoir un ordre du Comité de salut public.

Le citoyen Paschal GROUSSET. — *J'ai révoqué*
un ordre du Comité de salut public, parce que
j'ai cru que c'était ce qu'il y avait de plus convenable, après l'évasion du citoyen Rossel.

Le citoyen URBAIN. — Je ne reconnais qu'au
Comité de salut public le droit de supprimer le
compte rendu. Je ne puis accepter qu'un de nous,
pris d'un scrupule, aille à l'*Officiel* s'opposer à
l'exécution d'une mesure prise par l'assemblée.

Les citoyens LONGUET et GROUSSET. — Nous
sommes d'un avis différent.

Cependant, si le compte rendu dont il est
question ici, n'avait pas été publié par l'*Officiel*, plusieurs faits importants de la séance
n'en avaient pas moins été divulgués par di-

vers journaux, parmi lesquels le citoyen Vaillant cite *le Mot* (sic) et *la Justice.* Qui a commis cette indiscrétion? Ne serait-ce pas le *Journal officiel* où le compte rendu avait été déposé?

Le citoyen Vésinier, pour confirmer cette idée, la première qui vienne à l'esprit, se hâte méchamment de déclarer que, s'il y a eu une indiscrétion, elle ne vient pas du secrétaire de la Commune.

Le lendemain, 13 mai, Vésinier prenait officiellement possession des fonctions de rédacteur en chef, qu'il avait officieusement exercées du temps de Lebeau. Son premier acte fut de provoquer de la part du Comité de salut public l'ordre de diminuer le prix de vente du journal.

On lit, en effet, en tête du numéro du 14 mai, sous la date de « Paris, 13 mai » :

« Ordre au délégué à l'*Officiel* de le faire

vendre demain, 24 floréal, à cinq centimes
le numéro, en conformité du décret de la
Commune.

« LE COMITÉ DE SALUT PUBLIC. »

En même temps Vésinier, peu généreux
pour son prédécesseur, donnait un dernier
coup à la négligence de Longuet, en signa-
lant comme « une grave erreur » un changement de chiffre, simple faute d'impression, par suite de laquelle on attribuait à
Varlin 26 voix au lieu de 16 pour sa nomination de membre du Comité de salut public.

L'*Officiel* du 15 mai devait se vendre cinq
centimes ; il semble qu'il devait aussi prendre le calendrier républicain, qui ne fut, du
reste, employé qu'avec de fréquentes erreurs.
Comment Vésinier n'a-t-il pu obtenir ni l'un
ni l'autre? La seule innovation que nous
ayons remarquée, c'est la publication de la
« Revue de la presse, » reproduction par-

tielle d'une « Revue » autographiée par les soins du citoyen Alexandre Lambert, repré-sentant de « la Commune de l'Algérie » et « chef de division de la presse » au minis-tère de l'intérieur : cette Revue autographiée qui était adressée à tous les membres de la Commune avec la signature de Lambert, est signée au *Journal officiel* du nom de Nar-cisse Tell.

Enfin, le mardi 16 mai, les réformes pro-mises sont opérées. Le titre de l'*Officiel* est modifié. En tête, au-dessus d'un filet, on lit : « 26 floréal, an LXXIX, n° 136. » Suit la de-vise : « LIBERTÉ — ÉGALITÉ — FRATERNITÉ. » Puis : « 3ᵉ année. — Mardi, 16 mai 1871. »

Au-dessous, et au lieu de la mention por-tant les prix d'abonnement, on lit le nouveau prix de vente : « cinq centimes le numéro. » — C'est alors qu'un journal satirique, le *Grelot*, ennemi déclaré de l'*Officiel*, lança cette malice : « Depuis que Vésinier écrit dans l'*Officiel*, l'*Officiel* ne vaut plus qu'un sou. Ceci n'est point une épigramme, c'est de l'histoire. »

L'imprimerie, le bureau d'abonnement, la direction, la rédaction, sont toujours au n° 31 du quai Voltaire ; les réclamations ne doivent plus être adressées à l'imprimeur-gérant, mais « *franco,* au délégué à l'*Officiel.* » Cependant, ce numéro, comme les suivants, continue à porter cette signature usurpée : « L'imprimeur-gérant, A. Wittersheim et Cᵉ, à Paris.

Vésinier, membre de la Commune ; Vésinier, secrétaire de la Commune ; Vésinier, membre de plusieurs commissions ; Vésinier, rédacteur du *Paris libre*, où il publiait « les Amours d'une Espagnole (Mˡˡᵉ de Montijo); » Vésinier, délégué à l'*Officiel*, pouvait difficilement suffire à tant de fonctions. — Sous sa direction, le journal du quai Voltaire n'est pas rédigé avec moins de désordre que sous l'administration précédente; ainsi, on trouve pêle-mêle, dans la partie officielle du numéro du 18 mai, une communication du Comité de salut public, un appel du Comité de salut public aux gardes nationaux, deux arrêtés du même Comité, une nomination signée du président de la cour martiale, un avis du procureur de la Commune, un fait divers envoyé par le Comité de salut public, une communication de Delescluze, délégué à la guerre, un *décret* du délégué aux finances, un avis et un arrêté du même délégué, et enfin une nomination également faite par le citoyen Jourde, et qui intéresse, jusqu'à un certain point, l'histoire de l'*Officiel*.

Cette nomination est celle du citoyen Armand (Hubert), chargé de la direction générale du service des contrôleurs des finances pour la solde de la garde nationale; elle remonte au 16 mai, c'est-à-dire au jour de l'avénement de Vésinier. On se rappelle que

le citoyen Armand s'occupait activement,
sous les ordres de Longuet, de la rédaction
de l'*Officiel.*

Dans le même numéro se trouve, parmi
les faits divers, l'étrange nouvelle que voici :

L'Assemblée nationale, s'inspirant de son droit,
de sa force, et surtout de son amour de la patrie,
En vertu de son pouvoir souverain,

Décrète :

Art. 1er. L'Assemblée nationale se déclare Assemblée constituante.

Art. 2. Elle limite son mandat au terme de deux
années, pendant lesquelles elle fera des lois orga-
niques.

Art. 3. La République sera désormais le gouvernement de la France.

Dans le numéro suivant, celui du 29 floréal ou 19 mai, nous trouvons deux décisions qui doivent puissamment contribuer à
la propagation de l'*Officiel.* L'une, c'est que
le Comité de salut public prononce la suppression d'une douzaine de journaux : la

Commune, l'*Écho de Paris*, l'*Indépendance française*, l'*Avenir national*, la *Patrie*, le *Pirate*, le *Républicain*, la *Revue des Deux-Mondes*, l'*Echo de Ultramar* et la *Justice*; l'autre, c'est que « les possesseurs de phosphore et produits chimiques qui n'ont pas répondu à l'appel du *Journal officiel* s'exposent à une saisie immédiate de ces produits; » d'où il résulte que la lecture du *Journal officiel* est imposé à tous les citoyens, et que nul n'est censé ignorer les ordres ou prohibitions de l'autorité, dès que l'*Officiel* a parlé.

Sans doute les réclamations ne se firent pas attendre, car, dès le lendemain samedi 20 mai, le *Journal officiel* était dépossédé, et l'arrêté suivant était promulgué :

« Considérant qu'il est de toute utilité que les actes de la Commune, décrets, arrêtés, circulaires, soient réunis dans un recueil spécial.

« La Commune de Paris a pris l'arrêté suivant :

« Art. 1ᵉʳ. Tous les actes officiels de la Commune de Paris seront insérés dans un journal ayant pour titre : *Bulletin des Lois*, qui paraîtra hebdomadairement.

« Art. 2. Le délégué à la Justice est chargé de l'exécution du présent arrêté. »

Cet arrêté, pris à l'instigation du citoyen Mortier, qui se plaindra bientôt qu'on ait abrégé sa rédaction, a-t-il reçu un commencement d'exécution? Nous en doutons; le moment était mal choisi pour résoudre aucune question d'une manière définitive : l'armée de la France, qu'on avait le tort d'appeler l'armée de Versailles, était aux portes de Paris. Encore un jour, et le rempart sera franchi.

Cependant, comme Napoléon, dans Moscou, signait un décret sur l'organisation des théâtres, la Commune, dans ce Paris dont elle voulait faire un nouveau Moscou et qu'elle se préparait à incendier, s'occupait des plaisirs du peuple. Le dimanche même 3 prairial an LXXIX (21 mai 1871), où nos troupes entraient dans Paris, l'*Officiel* publiait un décret de la Commune mettant les théâtres sous la direction du délégué à l'enseignement ; la veille, il avait parlé avec enthousiasme des concerts et représentations qui avaient eu, ou devaient avoir lieu aux Tuileries, au Théâtre-Lyrique, au grand Concert-Parisien ; il avait annoncé pour le lendemain dimanche le grand festival donné, place de la Concorde, par tous les bataillons de la garde nationale ; il invitait, en outre, tous « les citoyens et citoyennes attachés au grand Opéra, à l'Opéra-Comique et au Théâtre-Lyrique à se réunir dans la salle du Conservatoire, mardi 23, à deux heures, à l'effet de s'entendre avec le citoyen Salvador Daniel, *délégué par la délégation* de l'enseignement, pour s'entendre sur les mesures à prendre pour substituer au régime de l'exploitation par un directeur ou une société le régime de l'association. »

Le dimanche 20, l'*Officiel* contenait un arrêté du 17 mai qui, entre autres contrôleurs des finances pour la solde de la garde nationale, nommait un des collaborateurs de Longuet, le jeune citoyen Paul Vapereau : il avait suivi le citoyen Armand, nommé le 16 mai.

Nous ne parlerons pas des mesures épouvantables publiées le même jour par le *Journal officiel :* elles appartiennent à l'histoire de la Commune : mais nous devons signaler parmi les curiosités de ce numéro les annonces-réclames des théâtres : l'Opéra faisait espérer pour le lundi 22 une représentation extraordinaire, donnée avec le concours de Villaret, Melchisédec, Caillot, Morère, Michot, et par les citoyennes... non, par mesdames Lacaze, Ugalde, Arnaud et Morio. Aux *Français,* spectacle tous les soirs

à sept heures : on jouait... n'importe quoi.
Au Gymnase, on donnait les *Grandes demoiselles*; au Châtelet, le *Courrier de Lyon*;
au Cirque national, spectacle-concert; aux
Délassements-Comiques, les *Contes des Fées*;
au Château-d'Eau, l'*Ange de Minuit*. A l'Opéra, les artistes sont qualifiés : messieurs,
mesdames; dans les autres théâtres : citoyens, citoyennes; pourquoi cette distinction? et l'égalité?

Le n° 141, du dimanche, avait été imprimé, dans la nuit du samedi au dimanche,
avec la date du 2 prairial, 21 mai; mais,
par suite d'une erreur assez fréquente à
l'*Officiel* dans l'emploi simultané du calendrier grégorien et du calendrier républicain,
la même date du 2 prairial reparut au
n° 142, imprimé dans la nuit du dimanche
au lundi 22 mai, lorsque déjà nos soldats
étaient dans Paris.

Ce numéro est dès à présent rarissime;

il est intéressant de le faire connaître. Il s'ouvre par le fameux appel au peuple de Paris et à la garde nationale, signé Delescluze, délégué civil à la guerre, et contre-signé des cinq membres du Comité de salut public : « Citoyens, assez de militarisme, plus d'états-majors galonnés et dorés sur toutes les coutures ! Place au peuple, aux combattants, aux bras nus..., etc. »

En même temps qu'il appelle tous les citoyens au combat, Delescluze prend un arrêté pour dissoudre, purement et simplement, sans peine disciplinaire, « le 7ᵉ bataillon, qui refuse son concours à la défense de la République et de la Commune, » et contre-signe un *ordre* beaucoup plus sévère adressé aux officiers et gardes du 15ᵉ bataillon, *bataillon de la fédération artistique*, pour les sommer d'avoir à se rendre tous et tous les jours, en tenue, dans la cour du Conservatoire de musique, sous peine d'être « privés de la solde, recherchés comme réfractaires et traduits comme tels devant la cour martiale. » — La légion du 3ᵉ arrondissement ne montrait qu'un zèle négatif : un ordre non moins rigoureux, mais chamarré de phrases à effet, était affiché dans l'arrondissement avec la signature du chef de légion Spinoy et des membres de la Commune élus dans le quartier.

Les questions d'enseignement préoccupaient la Commune presque autant que les questions militaires. L'*Officiel* mêle à ses ordres de service la nomination d'une commission composée des citoyennes André Léo, Jaclard, Périer, Reclus, Sapia, et chargée d'organiser et surveiller l'enseignement dans les écoles de filles. En outre, une école professionnelle, ouverte dans la rue Lhomond, doit fonctionner à partir de ce même jour, lundi 22 mai. Enfin, la délégation de l'enseignement publie cet avis, qui fait frémir sous sa forme anodine : c'est que « les musées du Louvre seront fermés pendant quelques jours pour cause majeure. » Sous prétexte que « la commission fédérale des artistes procède à leur réorganisation, » on donne aux pétroleuses le temps et les moyens de préparer leur œuvre.

L'*Officiel* n'est pas moins curieux parce qu'il ne dit pas que par ce qu'il dit. Qui ne sera frappé de ne pas trouver dans ce numéro la moindre nouvelle militaire, le moindre bulletin de victoire? C'est là une innovation considérable, mais ce n'est pas la seule. A partir du même jour, en effet, « sur sa demande, le directeur de l'intendance militaire est autorisé à publier au *Journal officiel* le tableau quotidien des marchés passés par l'intendance, avec noms, adresses et conditions. »

Pourquoi cette autorisation donnée au directeur de l'intendance, citoyen Édouard Moreau, qui en use aussitôt pour mentionner un achat de 100 clairons garnis, au prix net de 13 francs, le jeudi 25? C'est qu'une insertion antérieure, faite dans des conditions différentes, a causé un grand émoi et a jeté Vésinier, le nouveau directeur de l'*Officiel*, dans les plus graves embarras.

L'*Officiel* du 21 mai contenait, en tête de sa seconde colonne, les quatre lignes suivantes, mentionnées au sommaire sous le titre de : « *Avis aux porteurs de titres de rente.*

« Les habitants de Paris sont invités *de* se rendre à leur domicile *sous quarante-huit heures* ; passé ce délai, leurs titres de rente et (*sic* ; lisez : au) grand-livre seront brûlés.

« *Pour le Comité central*,

« Grélier. »

Il paraît que Grêlier, qui signait « pour le Comité central, » n'avait pas mandat pour le faire. Les réclamations ne tardèrent pas

à se produire, ainsi qu'on le voit par l'extrait
suivant de la séance du 1ᵉʳ prairial :

Le citoyen LANGEVIN. — J'ai été très-étonné, ce
matin, quand j'ai lu dans l'*Officiel* un décret signé
d'un membre du Comité central, qui se permet
de légiférer. Je voudrais bien savoir si le Comité
de salut public a donné le droit au Comité central
de se substituer à la Commune. Non-seulement
le Comité central a outrepassé ses pouvoirs, mais
le décret auquel je fais allusion est insensé, et
nous ne pouvons nous attirer ainsi l'odieux d'une
mesure sans même en avoir le bénéfice. Je crois
qu'il faut y mettre un terme.

Je demanderai également au citoyen qui est délégué à l'*Officiel* s'il a eu connaissance de l'insertion de ce décret insensé.

Le citoyen Jules VALLÈS, président. — Je crois
aussi que nous devons rejeter loin de nous toutes
les conséquences ridicules d'un pareil décret, et
qu'il faut vider immédiatement cet incident.

Plusieurs membres. — Attendons que le citoyen
Vésinier soit présent.

L'assemblée passe à une autre discussion ;
mais le citoyen Jourde, qui sans doute n'as-

sistait pas au commencement de la séance,
reprend la question :

Le citoyen JOURDE, —Je demande que l'Assemblée prenne une décision qui touche vos finances.
Hier, il y a eu une dépense de 1,800,000 fr.; depuis dix jours, il y a eu une augmentation de
4,500,000 fr. (sic), et je lis ce matin dans l'*Officiel*
quatre lignes du citoyen Grêlier, déclarant que
les titres de rente et le grand-livre seront brûlés
dans quarante-huit heures. C'est là une note des
plus dangereuses et dont l'opinion publique s'é-
meut. Je vous demande, avant de passer à l'ordre
du jour, de faire le nécessaire pour donner un démenti à cette note dans l'*Officiel*, en disant que son
insertion n'a eu lieu que par erreur ou par surprise.

Le citoyen LEFRANÇAIS. — Je demande l'arrestation du signataire de cette note.

Le citoyen RÉGÈRE. — Dès huit heures du matin, avant que les membres du Comité de salut
public eussent pu voir cette note dans l'*Officiel*,
ceux de nous qui l'avaient lue ont télégraphié au
Comité pour l'engager à prendre des mesures
urgentes, et à l'heure qu'il est, elles doivent être
prises.

Le citoyen LANGEVIN. — Quelles sont ces mesures ?

Le citoyen Jourde. — Il ne s'agit pas de dire
que des mesures sont prises, il faut les indiquer.
Je prie l'assemblée de vouloir bien décider de
suite que le citoyen Grêlier mérite plus qu'un
blâme. Je lui demande, en outre, d'exprimer le
regret que ces quatre lignes aient paru dans l'*Officiel*, et que la population de Paris n'a pas à s'en
préoccuper. (Approbation générale.)

La séance continue. Longuet se joint à Lefrançais et à Jourde pour demander contre
Grêlier des « mesures de répression »; et
même, dit Cournet, « des mesures extrêmement graves. » Quelques paroles d'excuses
se font bien entendre : Paschal Grousset
pense que la note, signée du seul nom de
Grêlier, ne peut être prise au sérieux dans le
public. Que blâme-t-on, d'ailleurs? la note
elle-même ou son insertion? Quant à lui :
« Tout en blâmant, dit-il, l'insertion de
cette note, je demande qu'on prenne des
mesures pour l'anéantissement de tous les
titres appartenant aux Versaillais, le jour
où ils entreraient à Paris. »

Hélas! c'était bien l'avis général ; mais on ne voulait pas le dire, sauf à dépasser encore, dans l'exécution, l'odieux de la mesure si maladroitement divulguée. Et l'on attachait tant d'importance au secret que non-seulement Grêlier, mais ses complices, étaient mis en cause dans l'ordre du jour suivant, proposé par Lefrançais :

« La Commune, s'en rapportant au Comité de salut public pour prendre toutes les mesures de répression contre le citoyen Grêlier et ses complices, passe à l'ordre du jour. »

— Et les complices? s'écrie un membre.

— Oui, il doit en avoir !

Et alors surgit un incident qui intéresse *l'Officiel* et le rédacteur en chef du journal, le citoyen Vésinier.

Le citoyen BILLIORAY, membre du Comité de salut public. — La note a été aussi inexplicable pour nous que pour vous. Je regrette qu'on l'ait insérée à *l'Officiel*. Le citoyen Grêlier nous a dit qu'il ne comprend point qu'elle y figure, que c'est le résultat d'une convention.

Quoi qu'il en soit, le fait de l'insertion est extrêmement regrettable, extrêmement blâmable.

Un membre. — Criminelle.

Une voix. — Le citoyen Vésinier n'aura pas vu la mise en pages. (Bruit.)

Le citoyen Régère. — Il ne faut demander à un homme que ce que ses forces lui permettent de donner. Vous savez l'importance et l'abondance du travail dont notre collègue est chargé; il peut se faire que des épreuves échappent à son examen. Le mot *complices* que porte l'ordre du jour me paraît bien dur. J'en demande la suppression. (Oui ! — Non !)

Le citoyen Ostyn. — Comme je connais le citoyen Grêlier, il n'est pas admissible, pour moi, qu'il n'ait point de complices.

Le citoyen Longuet. — Je sais que c'est une besogne très-dure que celle du délégué à l'*Officiel*; je l'ai faite longtemps, et je reconnais qu'une note semblable à celle qui nous occupe aurait bien pu passer sans que je m'en aperçusse ; mais si cela m'était arrivé, j'aurais immédiatement donné ma démission et demandé une enquête. Je n'accuse pas le citoyen Vésinier d'être complice; je viens de vous en dire la raison, mais je le trouve responsable.

Le citoyen LEFRANÇAIS. — Je ne sais pourquoi on met le citoyen Vésinier en cause dans cette affaire. La complicité implique une participation volontaire dont je ne l'accuse nullement, mon ordre du jour ne tenant aucun compte des personnes.

Le citoyen BILLIORAY. — Je crois qu'il y a ici une véritable conspiration dans le but de nuire à nos intérêts financiers. C'est ainsi que, il y a quelques jours, on a essayé de fermer la Bourse, sans ordre ni de la Commune, ni du Comité de salut public. Il faut que nous sachions d'où partent ces coups à la sourdine. Si le citoyen Vésinier n'est pas complice, ce dont je suis persuadé, il n'en est pas moins vrai qu'il est coupable de négligence, pour avoir laissé insérer d'autres actes que les actes officiels, c'est-à-dire émanés du Comité de salut public ou d'une délégation quelconque de la Commune.

Le citoyen Vallès, président, met alors aux voix l'ordre du jour du citoyen Lefrançais, tel que nous l'avons reproduit plus haut ; l'épreuve est commencée ; mais Oudet,

Vallès, Billioray, jugent qu'il est imprudent de supposer que Grêlier peut avoir des complices, et demandent que l'on renvoie au lendemain la discussion de cet ordre du jour. Les cris : « Non ! Aux voix ! aux voix ! » forcent le président à faire taire ses sentiments de partiale bienveillance pour le directeur de *l'Officiel;* l'ordre du jour est de nouveau mis aux voix et, cette fois, adopté.

Vésinier commençait à devenir suspect. Quand la Commune l'avait délégué à *l'Officiel* à la place de Longuet, elle avait entendu donner à son journal une direction intelligente, sérieuse, inaccessible à ces surprises si vivement reprochées à la négligence de Longuet, et qui avaient amené la révocation de ce « fonctionnaire public. »

On s'était trompé. *L'Officiel* retombait dans les mêmes errements, dans les mêmes fautes.

Dans une lettre du 21 mai, le citoyen H. Mortier, membre de la Commune et délé-

gué au XIe arrondissement, avait formulé
une réclamation que Vésinier avait été obligé
de publier :

« Citoyen, disait H. Mortier, je m'aper-
çois, en lisant *l'Officiel* d'hier matin, que la
proposition que j'ai faite relativement à la
création d'un journal appelé *Bulletin des lois*
a été écourtée.

« Je réclame contre la suppression des
mots suivants, qui faisaient partie intégrale
de l'arrêté : « Qu'au surplus, cette mesure a
« été prise sous tous les gouvernements qui
« se sont succédé en France depuis 1789. »

« Je m'élève aussi contre l'omission de
mon nom comme auteur de cette proposition,
adoptée à l'unanimité par la Commune, et
déposée par moi depuis plus d'un mois.

« Salut fraternel. »

Outre cette réclamation, qui avait fait
l'objet d'une lettre spéciale, la Commune
avait entendu d'autres plaintes non moins
acerbes. Dans la même séance où avait été

discutée la note Grêlier, le citoyen Ostyn
avait constaté, sans accuser personne, que
le compte rendu inséré à *l'Officiel* avait été
tronqué et différait grandement du procès-
verbal lu à l'assemblée; le citoyen Régère
avait remarqué que les développements
donnés à la question des théâtres, et notamment des considérations très-élevées du citoyen Félix Pyat, n'avaient pas été reproduits; le citoyen Jacques Durand proteste
contre une insinuation de *l'Officiel*, insinuation dont il est incapable et qui aurait
pu paraître blessante au citoyen Longuet;
le citoyen Descamps a présenté une inter-
pellation au sujet des groupes des boulevards : *l'Officiel* n'en dit mot.

A toutes ces plaintes contre *l'Officiel*,
c'est-à-dire contre Vésinier, une seule réponse est faite par Amouroux, son collègue
comme secrétaire de l'assemblée, et cette
réponse est une nouvelle preuve de l'infi-
délité systématique des comptes rendus

6.

publiés dans la feuille du quai Voltaire :
« Il est tenu compte, dit Amouroux, de
toutes les paroles qui se prononcent ici;
elles sont consignées sur un registre *ad hoc;*
mais quand le citoyen Vésinier m'a été
adjoint, vous avez décidé de lui laisser le
soin de retrancher ou de ne pas retrancher.
Je me suis, depuis, complétement déchargé
du soin de faire insérer le compte rendu
au *Journal officiel* sur le citoyen Vésinier.
Quant à la question des théâtres, le citoyen
Vésinier n'est pas en cause; c'est le Comité
de salut public qui a demandé que cette
discussion ne fût pas insérée à *l'Officiel.*
J'ignore si c'est d'accord avec le citoyen
Vaillant que cette insertion n'a pas eu lieu. »
— Le citoyen Vaillant, délégué à l'enseignement, ainsi mis en cause, répond : « Le
citoyen Vésinier m'a demandé si je tenais à
voir mes arguments dans cette question
figurer à *l'Officiel :* je lui ai répondu que
je n'y tenais nullement. »

Voici donc le citoyen Vésinier, Vésinier *lui-même*, mis à l'index de la Commune. A la fin de la séance, lorsque déjà était commencé le procès de Cluseret, il vint prendre sa place au bureau, où il siégeait comme secrétaire ; quelles explications donna-t-il ? Je ne sais ; mais à la suite des comptes rendus, au-dessous de la signature collective P. Vésinier et Amouroux, *secrétaires de la Commune*, on lit la rectification suivante, sans doute arrêtée d'un commun accord :

« Le citoyen Vésinier, délégué à *l'Officiel*, et que d'autres occupations avaient empêché d'assister au commencement de la séance, a déclaré, à la fin de cette dernière, que c'était par suite de la plus regrettable des erreurs que la proposition tout individuelle, signée Grêlier, qui avait été apportée en son absence, et *qui n'était pas destinée à la publicité*, s'est trouvée mêlée aux pièces à publier et a été insérée à la partie officielle. »

Le numéro du lundi 22 mai a d'autres titres à l'attention que le procès de Cluseret, l'affaire Grêlier et la mise en cause de l'*Officiel* dans la personne de Vésinier, son rédacteur en chef. On y lit sous la rubrique « Théâtres », et sous le titre « Représentation de bienfaisance, » un compte rendu qui, dans les circonstances où se trouvait la Commune, le jour même où l'armée de la France pénétrait dans Paris, aurait paru « ruisselant d'inouïsme » à certain de nos romanciers. C'est une page d'histoire, et l'on nous saura gré de la reproduire :

Concert des Tuileries. — C'est l'esprit de charité et non la gaieté, comme le prétendent les Versaillais, qui attire tout Paris vers les solennités musicales ou littéraires.

« Les musiques d'un très-grand nombre de bataillons de la garde nationale avaient pris l'initiative de ce festival, dont ils avaient donné la direction au citoyen Delaporte.

« Effet immense, surtout dans la *Marseillaise.* Quinze cents musiciens, *quinze cents fois plus ap-*

plaudis qu'un seul homme, et recette en conséquence pour nos malheureux blessés.

« Au *Cirque national,* la société philanthropique
lorraine-alsacienne a donné, au profit de 1,750
petits enfants pauvres de sa légion, une magnifique soirée littéraire et artistique.

« Là, comme partout, la citoyenne Agar a été
l'objet d'une ovation enthousiaste de la part du
public, qui l'a comblée de rappels et de bravos.

« Un très-grand succès aussi pour la voix gra-
cieuse et fraîche de Mademoiselle Arnaud, et
pour M. A. Ducros, qui a dit deux pièces ïambi-
ques de sa façon, énergiquement frappées.

« Les directeurs du Théâtre-français, E. Thierry
et des autres scènes, qui ont permis à leurs pen-
sionnaires de figurer dans ces représentations de
bienfaisance, ont droit à des remercîments... *in
extremis,* comme les artistes qui ont si bien riva-
lisé de zèle pour soulager en ce moment tant
d'infortunes. »

Dans ces remercîments... « *in extremis* »
donnés à M. Ed. Thierry et aux artistes,
doit-on voir une ironie cruelle? Je le crains.
Le Théâtre-Français, en effet, était menacé
d'incendie; dès le soir du lundi où lui était

décerné ce bon point, M. Thierry allait
prendre son poste de bibliothécaire à l'Arsenal, où jusqu'au vendredi, cerné dans une
île de feu, il ignorait si le Théâtre-Français
avait ou n'avait pas eu le sort du Palais-
Royal. Nous nous souvenons encore de sa
joie, quand le vendredi, 26 mai, nous ap-
portâmes à la bibliothèque de l'Arsenal
cette bonne nouvelle que ni le Théâtre-
Français ni le Louvre, ni la Bibliothèque
nationale, ni les Archives, n'avaient été détruits, comme on le croyait.

Le compte rendu de la représentation du
Gymnase est encore plus extraordinaire. Il
est d'une galanterie!... et d'un style! Une
seule phrase! Mais quelle phrase! — On
n'est pas plus galant que vous, ô Vésinier,
qui n'êtes pas Lebeau.

« *Gymnase*. — Représentation extraordinaire.
Salle comble, *c'est tout naturel*. La citoyenne Des-
clée, *si intelligente de finesse* dans les moindres détails, a, comme toujours, provoqué les applaudis-,

sements mérités qu'elle partage *fraternellement* avec ses charmantes partenaires, les citoyennes Fromentin, Massin et Angelo, toutes gracieuses, et si jolies... qu'elles font regretter ces représentations d'ensemble, devenues si rares dans ce gentil cadre fait pour la bonne et véritable comédie. »

L'éloge pompeux de ces représentations, données dans un cadre, est suivi de deux annonces qui ont leur intérêt ; dans la première, le citoyen Neveux, « commissaire-priseur d'office », et l'expert Desmarais font connaître que la vente mobilière de l'église Bréa, commencée le dimanche 21 mai, se continuera le lundi 22, et que les lots les plus importants restent en adjudication ; dans la seconde, le citoyen Fontaine, directeur des domaines, signale la vente aux enchères publiques, pour le jeudi 25 mai, d'un grand nombre d'objets mobiliers provenant de la fourrière de Paris, parmi lesquels des lits, des matelas, des outils, et jusqu'à des vélocipèdes, sans aucun doute dérobés dans les maisons des réactionnaires.

On voit, par ce qui précède, combien est précieux ce numéro du lundi 22 mai, qui circula si peu dans Paris.

Le numéro du 23 mai offre moins d'intérêt. Il est imprimé sur une seule page, et ne contient pas de partie officielle. C'est que Vésinier avait égaré la copie destinée à l'impression de la première partie du journal. Au milieu du tumulte où l'on vivait, la faute était explicable ; aux yeux de la Commune, elle ne parut pas excusable, et Vésinier dut être enfermé à Mazas : on n'eut pas le temps d'exécuter l'ordre.

Mais nos soldats gagnent du terrain ; déjà ils sont à l'École-Militaire ; les voici aux Invalides ; ils sont maîtres du Corps législatif. Il est cinq heures du matin. Vésinier se lève à la hâte et s'enfuit. La machine qui avait commencé le tirage de ce dernier numéro (143) imprimé au quai Voltaire avec la signature usurpée de M. Wittersheim, est arrêtée, après que 200 ou 300 exemplaires seulement avaient été tirés.

Dépourvu de nouvelles officielles et de télégrammes militaires, le journal communeux n'offre à ses lecteurs que la suite du procès Cluseret, quelques faits divers bénins, bénins, et une lettre où Jules Bergeret, « pour la Commission de la Guerre, » engage le citoyen Moreau, directeur de l'intendance, à ne pas croire trop légèrement les accusations portées à l'*Officiel* par le citoyen Varlin contre le citoyen May : « J'ai de la peine à croire, dit-il en terminant, que le *citoyen* Varlin ait eu le temps de vérifier les comptes de *messieurs* May, et je vous engage à n'en croire que par vos yeux. »

Ce numéro ne sortit pas de l'imprimerie Wittersheim, où les quelques exemplaires tirés ont été mis sous le séquestre dès le mardi matin.

7

Dans la journée, une voiture à bras, partie de l'Imprimerie nationale, venait prendre à l'imprimerie Wittersheim des caractères, des formes, du papier et le titre cliché du *Journal officiel ;* le tout était transporté à l'Imprimerie nationale ; mais il y avait là assez de caractères pour qu'on pût se passer de ce supplément. On n'y fit qu'une courte halte ; on prit du papier, deux caisses de vins fins laissées par le précédent directeur, M. Petetin, et l'on se rendit, en hâte, au nº 17 du passage Kuszner, chez M. Prissette, rue de Paris à Belleville, où l'on espérait continuer pendant de longs jours encore la publication de l'*Officiel.*

Nos troupes, et la Providence, qui veille au salut de la France, en avaient décidé autrement. Les préparatifs faits à l'imprimerie du passage Kuszner furent inutiles. M. Prissette, chez qui les insurgés avaient été conduits par un apprenti de la maison, n'eut

pas à imprimer l'*Officiel* : il eut seulement à
fournir du papier pour deux affiches, com-
posées et tirées chez lui à mille exemplaires
par une équipe de typographes au service
ordinaire de la Commune.

Un seul numéro fut publié en dehors de
l'imprimerie Wittersheim, le n 1 44, portant
la double date du 4 prairial an 79 et du
mercredi 24 mai 1871, et il fut imprimé
exclusivement de la première ligne à la dernière avec les caractères de l'Imprimerie nationale, ainsi qu'en témoignent les *l* barrées
dont l'emploi est particulier à cet établissement.

D'autres différences typographiques peu
considérables existent entre ce numéro et
les précédents; nous ne nous y arrêterons
pas. Nous nous bornerons à remarquer que
dès lors la direction, la rédaction, le bureau
d'abonnements et l'agence des annonces
sont définitivement transférés rue Vieille-
du-Temple, 87.

Le numéro 144, du mercredi 24 mai, est dès à présent, comme les numéros du 22 et du 23, d'une excessive rareté. Seulement, à la différence du numéro du 23, qui n'est remarquable que par sa nullité, il est tout entier intéressant, soit dans la partie officielle, soit dans la partie non-officielle, soit dans ses entrefilets ou ses faits divers; il entasse proclamations sur proclamations, cris de guerre sur cris de guerre; chaque pouvoir, constitué ou non, signe son appel aux armes, à la haine, au meurtre; la Commune, la commission de la guerre, le ministre, les francs-maçons, trouvent le temps, au milieu même de l'action, de faire assez de prose pour remplir un numéro tout entier, moins la place occupée par la fin du compte rendu de la séance de la Commune où fut jugé le procès de Cluseret; les débats de cette affaire n'ont été que peu connus des Parisiens, puisque l'*Officiel* des trois derniers jours n'a circulé que dans quelques quartiers.

L'intérêt que présente le numéro du 24 nous a engagé à le reproduire en *fac si-mile* : nous avons poussé le scrupule de la fidélité jusqu'à le faire réimprimer à l'imprimerie nationale, pour qu'il eût même l'aspect typographique de l'original. L'autorisation que nous avons dû, à cet effet, demander à M. le Garde des Sceaux, nous a été gracieusement accordée : on trouvera cette reproduction à la fin du volume.

Dans la soirée du mercredi, jour suprême, on ne songea pas à rédiger de numéro pour le lendemain; mais, à 9 heures du soir, la commission de la guerre faisait tirer, à l'Imprimerie nationale, un dernier placard qui, affiché sur tous les murs encore libres, devait suppléer à l'envoi de l'*Officiel*.

Voici, dans toute sa teneur, ce document abominable, le dernier de tous les actes de la Commune qu'elle ait eu le temps de livrer à la publicité :

RÉPUBLIQUE FRANÇAISE.

N° 398   N° 398

LIBERTÉ , ÉGALITÉ , FRATERNITÉ.

Commune de Paris.

ORDRE.

Faire détruire immédiatement toute maison des fenêtres de laquelle on aura tiré sur la garde nationale, et passer par les armes tous les habitants s'ils ne livrent et exécutent eux-mêmes les auteurs de ce crime.

4 prairial an 79 (24 mai, 9 h. soir).

LA COMMISSION DE LA GUERRE.

Imprimerie nationale. — Mai 1871.

Que devinrent les rédacteurs de l'*Officiel?* que devinrent Lebeau, Longuet, Vésinier et leurs acolytes? — Qu'importe? nous voulons l'ignorer.

JOURNAL OFFICIEL DE PARIS

PENDANT LA COMMUNE

EXTRAITS

---

20 *mars.*

1. —**Partie officielle.** — *Au peuple.* —Citoyens, — Le peuple de Paris a secoué le joug qu'on essayait de lui imposer.

Calme, impassible dans sa force, il a attendu, sans crainte comme sans provocation, les fous éhontés qui voulaient toucher à la République.

Cette fois, nos frères de l'armée n'ont pas voulu porter la main sur l'arche sainte de nos libertés. Merci à tous, et que Paris et la France jettent ensemble les bases d'une République acclamée avec toutes ses conséquences, le seul gouvernement qui fermera pour toujours l'ère des invasions et des guerres civiles.

L'état de siége est levé.

Le peuple de Paris est convoqué dans ses sections pour faire ses élections communales.

La sûreté de tous les citoyens est assurée par le concours de la garde nationale.

Hôtel de Ville, Paris, ce 19 mars 1871.

Le Comité central de la garde nationale.

2. — **Partie non officielle.** — *A la presse.* — Les autorités républicaines de la capitale veulent faire respecter la liberté de la presse, ainsi que toutes les autres; elles espèrent que tous les journaux comprendront que le premier de leurs devoirs est le respect dû à la République, à la vérité, à la justice et au droit, qui sont placés sous la sauvegarde de tous.

3. — L'état de siége est levé dans le département de la Seine.

Les conseils de guerre de l'armée permanente sont abolis.

Amnistie pleine et entière est accordée pour tous les crimes et délits politiques.

4. — Le nouveau gouvernement de la République vient de prendre possession de tous les ministères et de toutes les administrations.

Cette occupation, opérée par la garde nationale, impose de grands devoirs aux citoyens qui ont accepté cette tâche difficile.

L'armée, comprenant enfin la position qui lui était faite et les devoirs qui lui incombaient, a fusionné avec les habitants de la cité : troupes de ligne, mobiles et marins, se sont unis pour l'œuvre commune.

Sachons donc profiter de cette union pour resserrer nos rangs, et, une fois pour toutes, asseoir la République sur des bases sérieuses et impérissables !

Que la garde nationale, unie à la ligne et à la mobile, continue son service avec courage et dévouement!

Que les bataillons de marche, dont les cadres sont encore presque au complet, occupent les forts et toutes les positions avancées, afin d'assurer la défense de la capitale.

Les municipalités des arrondissements, animées du même zèle et du même patriotisme que la garde nationale et l'armée, se sont unies à elles pour assurer le salut de la République et préparer les élections du conseil communal qui vont avoir lieu.

Point de divisions! Unité parfaite et liberté pleine et entière!

5. — Citoyens, — La journée du 18 mars, que l'on cherche par raison et intérêt à travestir d'une manière odieuse, sera appelée dans l'histoire la journée de la justice du peuple!

Le gouvernement déchu, — toujours maladroit, — a voulu provoquer un conflit sans s'être rendu compte ni de son impopularité, ni de la confraternité des différentes armes. — L'armée entière, commandée pour être fratricide, a répondu à cet ordre par le cri de : Vive la République! Vive la garde nationale!

Seuls, deux hommes qui s'étaient rendus impopulaires par des actes que nous qualifions dès aujourd'hui d'iniques, ont été frappés dans un moment d'indignation populaire.

Le Comité de la fédération de la garde nationale, pour rendre hommage à la vérité, déclare
qu'il est étranger à ces deux exécutions.

Aujourd'hui, les ministères sont constitués ; la
préfecture de police fonctionne, les administrations reprennent leur activité, et nous invitons
tous les citoyens à maintenir le calme et l'ordre
le plus parfait.

6. — *Fédération républicaine de la garde nationale, organe du Comité central.* — Si le Comité central de la garde nationale était un gouvernement, il pourrait, pour la dignité de ses
électeurs, dédaigner de se justifier. Mais comme
sa première affirmation a été de déclarer qu'il ne
prétendait pas « prendre la place de ceux que le
souffle populaire avait renversés », tenant à simple honnêteté de rester exactement dans la limite
expresse du mandat qui lui a été confié, il demeure un composé de personnalités qui ont le
droit de se défendre.

Enfant de la République qui écrit sur sa devise
le grand mot de : Fraternité, il pardonne à ses
détracteurs ; mais il veut persuader les honnêtes
gens qui ont accepté la calomnie par ignorance.

Il n'a pas été occulte : ses membres ont mis
leurs noms à toutes ses affiches. Si ces noms
étaient obscurs, ils n'ont pas fui la responsabilité, — elle était grande.

Il n'a pas été inconnu, car il était issu de la

libre expression des suffrages de deux cent quinze bataillons de la garde nationale.

Il n'a pas été fauteur de désordres, car la garde nationale, qui lui a fait l'honneur d'accepter sa direction, n'a commis ni excès ni représailles, et s'est montrée imposante et forte par la sagesse et la modération de sa conduite.

Et pourtant, les provocations n'ont pas manqué; et pourtant, le gouvernement n'a cessé, par les moyens les plus honteux, de tenter l'essai du plus épouvantable des crimes; la guerre civile.

Il a calomnié Paris et a ameuté contre lui la province.

Il a amené contre nous nos frères de l'armée, qu'il a fait mourir de froid sur nos places, tandis que leurs foyers les attendaient.

Il a voulu vous imposer un général en chef.

Il a, par des tentatives nocturnes, tenté de nous désarmer de nos canons, après avoir été empêché par nous de les livrer aux Prussiens.

Il a enfin, avec le concours de ses complices effarés de Bordeaux, dit à Paris : « Tu viens de te montrer héroïque ; or, nous avons peur de toi, donc, nous t'arrachons ta couronne de capitale. »

Qu'a fait le Comité central pour répondre à ces attaques? Il a fondé la Fédération ; il a prêché la modération — disons le mot — la générosité; au moment où l'attaque armée commençait, il disait à tous : « Jamais d'agression et ne ripostez qu'à la dernière extrémité ! »

Il a appelé à lui toutes les intelligences, toutes les capacités ; il a demandé le concours du corps d'officiers ; il a ouvert sa porte chaque fois que l'on y frappait au nom de la République.

De quel côté étaient donc le droit et la justice ? De quel côté était la mauvaise foi ?

Cette histoire est trop courte et trop près de nous, pour que chacun ne l'ait pas encore à la mémoire. Si nous l'écrivons à la veille du jour où nous allons nous retirer, c'est, nous le répétons, pour les honnêtes gens qui ont accepté légèrement des calomnies dignes seulement de ceux qui les ont lancées.

Un des plus grands sujets de colère de ces derniers contre nous est l'obscurité de nos noms. Hélas ! bien des noms étaient connus, très-connus, et cette notoriété nous a été bien fatale !...

Voulez-vous connaître un des derniers moyens qu'ils ont employés contre nous ? Ils refusent du pain aux troupes qui ont mieux aimé se laisser désarmer que de tirer sur le peuple. Et ils nous appellent assassins, eux qui punissent le refus d'assassinat par la faim !

D'abord, nous le disons avec indignation : la boue sanglante dont on essaye de flétrir notre honneur est une ignoble infamie. Jamais un arrêt d'exécution n'a été signé par nous ; jamais la garde nationale n'a pris part à l'exécution d'un crime.

Quel intérêt y aurait-elle ? Quel intérêt y aurions-nous ?

C'est aussi absurde qu'infâme.

Au surplus, il est presque honteux de nous défendre. Notre conduite montre, en définitive, ce que nous sommes. Avons-nous brigué des traitements ou des honneurs? Si nous sommes inconnus, ayant pu obtenir, comme nous l'avons fait, la confiance de deux cent quinze bataillons, n'est-ce pas parce que nous avons dédaigné de nous faire une propagande? La notoriété s'obtient à bon marché : quelques phrases creuses ou un peu de lâcheté suffit; un passé tout récent l'a prouvé.

Nous, chargés d'un mandat qui faisait peser sur nos têtes une terrible responsabilité, nous l'avons accompli sans hésitation, sans peur, et dès que nous voici arrivés au but, nous disons au peuple, qui nous a assez estimés pour écouter nos avis, qui ont souvent froissé son impatience : « Voici le mandat que tu nous as confié : là où notre intérêt personnel commencerait, notre devoir finit; fais ta volonté. Mon maître, tu t'es fait libre. Obscurs il y a quelques jours, nous allons rentrer obscurs dans tes rangs, et montrer aux gouvernants que l'on peut descendre, la tête haute, les marches de ton Hôtel-de-Ville, avec la certitude de trouver au bas l'étreinte de ta loyale et robuste main. »

Les membres du Comité central.

7. — *La révolution du 18 mars.* — Les journaux réactionnaires continuent à tromper l'opi-

nion publique en dénaturant avec préméditation et mauvaise foi les événements politiques
dont la capitale est le théâtre depuis trois jours.
Les calomnies les plus grossières, les inculpa-
tions les plus fausses et les plus outrageantes
sont publiées contre les hommes courageux et dés-
intéressés qui, au milieu des plus grands périls, ont
assumé la lourde responsabilité du salut de la
République.

L'histoire impartiale leur rendra certainement
la justice qu'ils méritent, et constatera que la
Révolution du 18 mars est une nouvelle étape
importante dans la marche du progrès.

D'obscurs prolétaires, hier encore inconnus, et
dont les noms retentiront bientôt dans le monde
entier, inspirés par un amour profond de la justice et du droit, par un dévouement sans borne à
la France et à la République, s'inspirant de ces
généreux sentiments et de leur courage à toute
épreuve, ont résolu de sauver à la fois la patrie
envahie et la liberté menacée. Ce sera là leur mérite devant leurs contemporains et devant la pos-
térité.

Les prolétaires de la capitale, au milieu des
défaillances et des trahisons des classes gouvernantes, ont compris que l'heure était arrivée pour
eux de sauver la situation en prenant en mains la
direction des affaires publiques.

Ils ont usé du pouvoir que le peuple a remis
entre leurs mains avec une modération et une
sagesse qu'on ne saurait trop louer.

Ils sont restés calmes devant les provocations des ennemis de la République, et prudents en présence de l'étranger.

Ils ont fait preuve du plus grand désintéressement et de l'abnégation la plus absolue. A peine arrivés au pouvoir, ils ont eu hâte de convoquer dans ses comices le peuple de Paris, afin qu'il nomme immédiatement une municipalité communale dans les mains de laquelle ils abdiqueront leur autorité d'un jour.

Il n'est pas d'exemple dans l'histoire d'un gouvernement provisoire qui se soit plus empressé de déposer son mandat dans les mains des élus du suffrage universel.

En présence de cette conduite si désintéressée, si honnête et si démocratique, on se demande avec étonnement comment il peut se trouver une presse assez injuste, malhonnête et éhontée pour déverser la calomnie, l'injure et l'outrage sur des citoyens respectables, dont les actes ne méritent jusqu'à ce jour qu'éloge et admiration.

Les amis de l'humanité, les défenseurs du droit victorieux ou vaincus, seront donc toujours les victimes du mensonge et de la calomnie.

Les travailleurs, ceux qui produisent tout et qui ne jouissent de rien, ceux qui souffrent de la misère au milieu des produits accumulés, fruit de leur labeur et de leurs sueurs, devront-ils donc sans cesse être en butte à l'outrage?

Ne leur sera-t-il jamais permis de travailler à

leur émancipation sans soulever contre eux un concert de malédictions?

La bourgeoisie, leur aînée, qui a accompli son émancipation il y a plus de trois quarts de siècle, qui les a précédés dans la voie de la révolution, ne comprend-elle pas aujourd'hui que le tour de l'émancipation du prolétariat est arrivé?

Les désastres et les calamités publiques dans lesquels son incapacité politique et sa décrépitude morale et intellectuelle ont plongé la France devraient pourtant lui prouver qu'elle a fini son temps, qu'elle a fini la tâche qui lui avait été imposée en 89, et qu'elle doit sinon céder la place aux travailleurs, au moins les laisser arriver à leur tour à l'émancipation sociale.

En présence des catastrophes actuelles, il n'est pas trop du concours de tous pour nous sauver.

Pourquoi donc persiste-t-elle avec un aveuglement fatal et une persistance inouïe à refuser au prolétariat sa part légitime d'émancipation?

Pourquoi lui conteste-t-elle sans cesse le droit commun; pourquoi s'oppose-t-elle de toutes ses forces et par tous les moyens au libre développement des travailleurs?

Pourquoi met-elle sans cesse en péril toutes les conquêtes de l'esprit humain accomplies par la grande révolution française?

Si, depuis le 4 septembre dernier, la classe gouvernante avait laissé un libre cours aux aspirations et aux besoins du peuple; si elle avait accordé franchement aux travailleurs le droit com-

mun, l'exercice de toutes les libertés; si elle leur
avait permis de développer toutes leurs facultés,
d'exercer tous leurs droits et de satisfaire leurs
besoins; si elle n'avait pas préféré la ruine de la
patrie au triomphe certain de la République en
Europe, nous n'en serions pas où nous sommes
et nos désastres eussent été évités.

Le prolétariat, en face de la menace permanente de ses droits, de la négation absolue de
toutes ses légitimes aspirations, de la ruine de la
patrie et de toutes ses espérances, a compris qu'il
était de son devoir impérieux et de son droit absolu de prendre en main ses destinées et d'en
assurer le triomphe en s'emparant du pouvoir.

C'est pourquoi il a répondu par la révolution
aux provocations insensées et criminelles d'un
gouvernement aveugle et coupable, qui n'a pas
craint de déchaîner la guerre civile en présence
de l'invasion et de l'occupation étrangères.

L'armée, que le pouvoir espérait faire marcher contre le peuple, a refusé de tourner ses armes contre lui, elle lui a tendu une main fraternelle et s'est jointe à ses frères.

Que les quelques gouttes de sang versé, toujours regrettables, retombent sur la tête des pro-
vocateurs de la guerre civile et des ennemis du
peuple, qui, depuis près d'un demi-siècle, ont
été les auteurs de toutes nos luttes intestines et de
toutes nos ruines nationales.

Le cours du progrès, un instant interrompu,

reprendra sa marche, et le prolétariat accomplira malgré tout, son émancipation !

Le délégué au JOURNAL OFFICIEL.

8. — *Comité central de la garde nationale.* — Les habitants limitrophes des grandes voies de communication servant au transport des vivres pour l'alimentation de Paris sont invités à disposer leurs barricades de manière à laisser la libre circulation des voitures.

Paris, ce 19 mars 1871.

Pour le Comité central,
CASTIONI, G. ARNOLD, A. BOUIT.

21 *mars.*

9. — **Partie officielle.** — Paris, depuis le 18 mars, n'a d'autre gouvernement que celui du peuple : c'est le meilleur.

Jamais révolution ne s'est accomplie dans des conditions pareilles à celles où nous sommes.

Paris est devenu ville libre.

Sa puissante centralisation n'existe plus.

La monarchie est morte de cette constatation d'impuissance.

Dans cette ville libre, chacun a le droit de parler, sans prétendre influer en quoi que ce soit sur les destinées de la France.

Or, Paris demande :

1° L'élection de la mairie de Paris ;

2° L'élection des maires, adjoints, conseillers municipaux des vingt arrondissements de la ville de Paris ;

3° L'élection de tous les chefs de la garde nationale, depuis le premier jusqu'au dernier,

4° Paris n'a nullement l'intention de se séparer de la France ; loin de là, il a souffert pour elle l'empire, le gouvernement de la défense nationale, toutes ses trahisons et toutes ses lâchetés. Ce n'est pas, à coup sûr, pour l'abandonner aujourd'hui, mais seulement pour lui dire, en qualité de sœur aînée : Soutiens-toi toi-même comme je me suis soutenu ; oppose-toi à l'oppression comme je m'y suis opposé !

Le commandant délégué à l'ex-préfecture de police,   E. DUVAL.

10. — *Fédération républicaine de la garde nationale.*

Hôtel de Ville, 20 mars 1871, 6 h. du soir.

De nombreux repris de justice, rentrés à Paris, ont été envoyés pour commettre quelques attentats à la propriété, afin que nos ennemis puissent nous accuser encore.

Nous engageons la garde nationale à la plus grande vigilance dans ses patrouilles.

Chaque caporal devra veiller à ce qu'aucun étranger ne se glisse, caché sous l'uniforme, dans **les rangs de son escouade.**

C'est l'honneur du peuple qui est en jeu; c'est au peuple à le garder.

> ANT. ARNAUD, G. ARNOLD, ASSI, ANDIGNOUX, BOUIT, JULES BERGERET, BABICK, BOURSIER, BARON, BILLORAY, BLANCHET, CASTIONI, CHOUTEAU, C. DUPONT, FERRAT, HENRI FORTUNÉ, FABRE, FOUGERET, C. GAUDIER, GOUHIER, GERESME, GROLLARD, JOSSELIN, FR. JOURDE, MAXIME LISBONNE, LAVALETTE, CH. LULLIER, MALJOURNAL, MOREAU, MORTIER, PRUDHOMME, ROUSSEAU, RANVIER, VARLIN, VIARD.

11. — Partie non officielle. — Tous les journaux réactionnaires publient des récits plus ou moins dramatiques sur ce qu'ils appellent « l'assassinat » des généraux Lecomte et Clément Thomas.

Sans doute, ces actes sont regrettables.

Mais il importe, pour être impartial, de constater deux faits :

1° Que le général Lecomte avait commandé à quatre reprises, sur la place Pigalle, de charger une foule inoffensive de femmes et d'enfants;

2° Que le général Thomas a été arrêté au moment où il levait, en vêtements civils, un plan des barricades de Montmartre.

Ces deux hommes ont subi la loi de la guerre, qui n'admet ni l'assassinat des femmes ni l'espionnage.

On nous raconte que l'exécution du général

Lecomte a été opérée par des soldats de la ligne, et celle du général Clément Thomas par des gardes nationaux.

Il est faux que ces exécutions aient eu lieu sous les yeux et par les ordres du comité central de la garde nationale. Le comité central siégeait avant-hier rue Onfroy, près de la Bastille, jusqu'à l'heure où il a pris possession de l'Hôtel de Ville; et il a appris en même temps l'arrestation et la mort des deux victimes de la justice populaire.

Ajoutons qu'il a ordonné une enquête immédiate sur ces faits.

12. Les mesures sages et prévoyantes prises par le comité central de la garde nationale ont complétement calmé l'effervescence de la population parisienne.

Sur les boulevards et dans les rues, la circulation est aussi active que d'habitude. Bien que les événements accomplis ces derniers jours soient commentés avec animation, les citoyens acceptent franchement le nouvel état de choses, garanti du reste par l'aide et le concours de la garde nationale tout entière.

La troupe régulière a, de son côté, compris que ses chefs ne pouvaient plus lui commander le feu sur les Français après les avoir fait fuir devant les Prussiens.

Les auteurs de tous nos maux ont quitté Paris sans emporter le moindre regret.

Et maintenant, soldats, mobiles et gardes na-

tionaux sont unis par la même pensée, le même
désir, le même but : nous voulons tous l'union et
la paix.

Plus d'émeutes dans les rues! Assez de sang
versé pour les tyrans !

Que les ambitieux ou les traîtres se le tiennent
pour dit.

Vous. commerçants qui voulez la stabilité dans
les affaires; vous, boutiquiers qui demandez le
va-et-vient favorable à la consommation ; vous,
ouvriers qui avez besoin d'utiliser vos bras pour
assurer l'existence de vos familles ; vous tous enfin qui, après tant de calamités, aspirez à jouir de
la sécurité indispensable au bonheur d'un grand
peuple, rejetez les conseils funestes qui tendent à
nous mettre de nouveau entre des mains royales
ou impériales.

Pour renverser notre République sacro-sainte,
cimentée hier encore par l'œuvre commune, il
faudrait supporter l'horreur d'une nouvelle lutte
fratricide, et passer sur nombre de cadavres républicains.

Sacrifions toutes nos jalousies, toutes nos ran-
cunes sur l'autel de la patrie, et que de toutes les
poitrines françaises parte ce cri grand et sublime :

Vive à jamais la République !

13. — *Comité central de la garde nationale.* —
Citoyens, — En quittant Paris, le pouvoir qui
vient de crouler sous le mépris populaire a

paralysé, désorganisé tous les services publics.

Une circulaire a enjoint à tous ses employés de se rendre à Versailles.

La télégraphie, ce service utile entre tous dans ces moments de crise suprême, de rénovation, n'a pas été oubliée dans ce complot monarchique. *Tous les services, toutes les communications avec la province sont interrompues.* On veut nous tromper, les employés sont à Versailles — avec le roi.

Nous signalons au peuple de Paris ce procédé criminel. C'est une nouvelle pièce à charge dans ce grand procès entre peuples et rois.

En attendant, et pour consacrer tout entières à l'œuvre du moment les forces qui nous restent, nous suspendons, à partir d'aujourd'hui, le service de la télégraphie privée dans Paris.

Le directeur général, J. LUCIEN COMBATZ.

Le directeur général des télégraphes est autorisé à supprimer jusqu'à nouvel ordre la télégraphie privée dans Paris.

Paris, le 20 mars 1871.

Pour le Comité central,
L. BOURSIER, GOUHIER, E. MOREAU.

14. — Jusqu'à nouvel ordre, et dans le seul but de maintenir la tranquillité, les propriétaires et les maîtres d'hôtel ne pourront congédier leurs locataires.

15. — Le Comité central de la garde nationale

est décidé à respecter les conditions de la paix.

Seulement, il lui paraît de toute justice que les auteurs de la guerre maudite dont nous souffrons subissent la plus grande partie de l'indemnité imposée par nos impitoyables vainqueurs.

GRÊLIER, *Délégué à l'intérieur.*

16. — Le Comité de la Fédération républicaine et le Comité central de la garde nationale ont opéré leur fusion et adopté les statuts suivants :

Fédération républicaine de la garde nationale. — Statuts. — Déclarations préalables. — La République est le seul gouvernement possible ; elle ne peut être mise en discussion.

La garde nationale a le droit absolu de nommer tous ses chefs et de les révoquer dès qu'ils ont perdu la confiance de ceux qui les ont élus ; toutefois, après une enquête préalablement destinée à sauvegarder les droits de la justice.

Art. 1ᵉʳ. La Fédération républicaine de la garde nationale est organisée ainsi qu'il suit :

1° L'assemblée générale des délégués;

2° Le cercle de bataillon ;

3° Le conseil de guerre ;

4° Le comité central.

Art. 2. L'assemblée générale est formée :

1° D'un délégué élu à cet effet dans chaque compagnie, sans distinction de grade ;

2° D'un officier par bataillon élu par le corps des officiers ;

3° Du chef de chaque bataillon.

Ces délégués, quels qu'ils soient, sont toujours révocables par ceux qui les ont nommés.

Art. 3. Le cercle de bataillon est formé :

1° De trois délégués par compagnie, élus sans distinction de grade ;

2° De l'officier délégué à l'assemblée générale ;

3° Du chef de bataillon.

Art. 4. Le conseil de légion est formé :

1° De deux délégués par cercle de bataillon élus sans distinction de grade ;

2° Des chefs de bataillon de l'arrondissement.

Art. 5. Le comité central est formé :

1° De deux délégués par arrondissement, élus sans distinction de grade, par le conseil de légion ;

2° D'un chef de bataillon de légion, élu par ses collègues.

Art. 6. Les délégués aux cercle de bataillon, conseil de légion et comité central sont les défenseurs naturels de tous les intérêts de la garde nationale. Ils devront veiller au maintien de l'armement de tous les corps spéciaux et autres de ladite garde, et prévenir toute tentative qui aurait pour but le renversement de la République.

Ils ont également pour mission d'élaborer un projet de réorganisation complète des forces nationales.

Art. 7. Les réunions de l'assemblée générale auront lieu les premiers dimanches du mois, sauf l'urgence.

Les diverses fractions constituées de la Fédération fixeront par un règlement intérieur, les modes, lieux et heures de leurs délibérations.

Art. 8. Pour subvenir aux frais généraux d'administration, de publicité et autres du comité central, il sera établi dans chaque compagnie une cotisation qui devra produire au minimum un versement mensuel de 5 fr., lequel sera effectué du 1er au 5 du mois, entre les mains du trésorier, par les soins des délégués.

Art. 9. Il sera délivré à chaque délégué, membre de l'assemblée générale, une carte personnelle qui lui servira d'entrée à ses réunions.

Art. 10. Tous les gardes nationaux sont solidaires, et les délégués de la fédération sont placés sous la sauvegarde immédiate et directe de la garde nationale tout entière.

22 mars.

17. — Partie non officielle. — *Paris est dans le droit.* — Le droit, la souveraineté du peuple sont-ils à Versailles ou à Paris?

Poser cette question, c'est la résoudre.

L'Assemblée, siégeant d'abord à Bordeaux et actuellement à Versailles, a été nommée dans des circonstances particulières et chargée d'une mission déterminée à l'avance, d'une sorte de mandat impératif restreint.

Élue à la veille d'une capitulation, pendant

l'occupation du territoire par l'ennemi, les élections de ses membres ont nécessairement et forcément subi la pression de l'étranger et des baïonnettes prussiennes ; une partie au moins des députés, ceux des départements envahis, n'ont pu être nommés librement.

Aujourd'hui que les préliminaires de paix, cédant deux provinces à la Prusse, sont signés, les représentants de l'Alsace et de la Lorraine ne pouvaient plus siéger à l'Assemblée : ils l'ont compris eux-mêmes, c'est pourquoi ils ont donné leur démission.

Un grand nombre d'autres représentants, pour des motifs divers, ont imité cet exemple.

L'Assemblée est donc incomplète, et l'élection d'une partie de ses membres a été entachée et viciée par l'occupation et la pression étrangères.

Cette assemblée ne représente donc pas d'une manière complète, incontestable, la libre souveraineté populaire.

D'un autre côté, par son vote de défiance et de haine contre Paris, où elle a refusé de venir siéger, l'Assemblée de Bordeaux et de Versailles a méconnu les services rendus par Paris et l'esprit si généreux et si dévoué de sa population. Elle n'est plus digne de siéger dans la capitale.

Par l'esprit profondément réactionnaire dont elle a fait preuve, par son étroitesse de vues, son caractère exclusif et rural, par l'intolérance dont elle s'est rendue coupable envers les plus illustres et les plus dévoués citoyens, cette assemblée pro-

vinciale a prouvé qu'elle n'était pas à la hauteur
des événements actuels, et qu'elle était incapable
de prendre et de faire exécuter les résolutions
énergiques indispensables au salut de la patrie.

Il n'y a qu'une assemblée librement élue, en
dehors de toute pression étrangère et de toute influence officielle réactionnaire et siégeant à Paris,
à qui la France entière puisse reconnaître le caractère de souveraineté nationale et déléguer le
pouvoir législatif ou constituant.

Hors de l'indépendance et de la liberté des
élections, et en dehors de Paris, il ne peut exister
que de faux semblants de représentation nationale et d'assemblée souveraine.

Que l'Assemblée nationale se hâte donc d'ache-
ver la triste besogne qui lui a été confiée : celle
de résoudre la question de la paix ou de la guerre,
et qu'elle disparaisse au plus vite. Elle n'a reçu
qu'un mandat limité et ne peut, sans violer la
souveraineté du peuple, s'octroyer le pouvoir
constituant et le droit d'élaborer les lois organi-
ques.

C'est à Paris qu'incombe le devoir de faire respecter la souveraineté du peuple et d'exiger qu'il
ne soit pas porté atteinte à ses droits.

Paris ne peut se séparer de la province, ni souffrir qu'on la détache de lui.

Paris a été, est encore et doit rester définitivement la capitale de la France, la tête et le cœur
de la République démocratique, une et indivisible.

Il a donc le droit incontestable de procéder aux élections d'un conseil communal, de s'administrer lui-même, ainsi que cela convient à toute cité démocratique, et de veiller à la liberté et au repos publics à l'aide de la garde nationale, composée de tous les citoyens élisant directement leurs chefs par le suffrage universel.

Le comité central de la garde nationale, en prenant les mesures nécessaires pour assurer l'établissement du conseil communal de Paris et l'élection de tous les chefs de la garde nationale, a donc pris des mesures très-sages, indispensables et de première nécessité.

C'est aux électeurs et aux gardes nationaux qu'il appartient maintenant de soutenir les décisions du gouvernement, et d'assurer par leurs votes, en nommant des républicains convaincus et dévoués, le salut de la France et l'avenir de la République.

Demain ils tiendront leurs destinées dans leurs mains, et nous sommes persuadés à l'avance qu'ils feront usage de leurs droits.

Que Paris délivre la France et délivre la République !   *Le délégué au* JOURNAL OFFICIEL.

23 mars.

18. — La presse réactionnaire a recours au mensonge et à la calomnie pour jeter la déconsidération sur les patriotes qui ont fait triompher les droits du peuple.

Nous ne pouvons pas attenter à la liberté de la presse : seulement, le gouvernement de Versailles ayant suspendu le cours ordinaire des tribunaux, nous prévenons les écrivains de mauvaise foi auxquels seraient applicables en temps ordinaire les lois de droit commun sur la calomnie et l'outrage, qu'ils seront immédiatement déférés au Comité central de la garde nationale.

19. — Vu les mesures prises par le gouvernement de Versailles pour empêcher le retour dans leurs foyers des soldats licenciés par le fait des derniers événements ;

Le Comité central décide que, jusqu'à ce qu'une loi ait fixé la réorganisation des forces nationales, les soldats actuellement à Paris seront incorporés dans les rangs de la garde nationale et en toucheront l'indemnité.

Hôtel de Ville, 22 mars 1871.

Le Comité central de la garde nationale.

24 mars.

Paris, le 23 mars 1871.

20. — **Partie officielle.**—De nombreux agents bonapartistes et orléanistes ont été surpris faisant des distributions d'argent pour détourner les habitants de leurs devoirs civiques.

Tout individu convaincu de corruption ou de

tentative de corruption sera immédiatement déféré au Comité central de la garde nationale.

Pour le Comité central, E. LEBEAU,

Délégué au *Journal officiel*.

21. — A partir du 24 de ce mois, tous les services militaires concernant l'exécution des ordres
de la place sont confiés au général Bergeret.

25 *mars*.

22. — **Partie officielle.** — Considérant que la
situation réclame des mesures rapides ;

Que de tous les côtés des commandants supérieurs, continuant les errements du passé, ont,
par leur inaction, amené l'état de choses actuel ;
que la réaction monarchique a empêché jusqu'ici,
par l'émeute et le mensonge, les élections qui auraient constitué le seul pouvoir légal de Paris ;

En conséquence, le Comité arrête :

Les pouvoirs militaires de Paris sont remis aux
délégués

Brunel, — Eudes, — Duval.

Ils ont le titre de généraux et agiront de concert, en attendant l'arrivée du général Garibaldi,
acclamé comme général en chef.

Du courage encore et toujours, et les traîtres
seront déjoués.

Vive la République !

Paris, le 24 mars 1871.

Le Comité central de la garde nationale.

23. — Citoyens, — Appelés par le Comité central au poste grand et périlleux de commander provisoirement la garde nationale républicaine, nous jurons de remplir énergiquement cette mission, afin d'assurer le rétablissement de l'entente sociale entre tous les citoyens.

Nous voulons l'ordre... mais non celui que patronnent les régimes déchus, en assassinant les factionnaires paisibles et en autorisant les abus.

Ceux qui provoquent à l'émeute n'hésitent pas, pour arriver à leur but de restaurations monarchiques, à se servir de moyens infâmes; ils n'hésitent pas à affamer la garde nationale en séquestrant la Banque et la Manutention.

Le temps n'est plus au parlementarisme; il faut agir, et punir sévèrement les ennemis de la République.

Tout ce qui n'est pas avec nous est contre nous.

Paris veut être libre. La contre-révolution ne l'effraye pas; mais la grande cité ne permet pas qu'on trouble impunément l'ordre public.

Vive la République !

Les généraux commandants,.

BRUNEL, E. DUVAL, E. EUDES.

24. — Citoyens, — La cause de nos divisions repose sur un malentendu. En adversaires loyaux, voulant le dissiper, nous exprimerons encore nos légitimes griefs.

Le gouvernement, suspect à la démocratie par sa composition même, avait néanmoins été accepté par nous, en nous réservant de veiller à ce qu'il ne trahît pas la République, après avoir trahi Paris.

Nous avons fait, saas coup férir, une révolution : c'était un devoir sacré; en voici les preuves :

Que demandions-nous ?

Le maintien de la République comme gouvernement seul possible et indiscutable.

Le droit commun pour Paris, c'est-à-dire un conseil communal élu.

La suppression de la préfecture de police, que le préfet de Kératry avait lui-même réclamée.

La suppression de l'armée permanente et le droit pour vous, garde nationale, d'être seule à assurer l'ordre dans Paris.

Le droit de nommer tous nos chefs.

Enfin, la réorganisation de la garde nationale sur des bases qui donneraient des garanties au peuple.

Comment le gouvernement a-t-il répondu à cette revendication légitime?

Il a rétabli l'état de siége tombé en désuétude, et donné le commandement à Vinoy, qui s'est installé la menace à la bouche.

Il a porté la main sur la liberté de la presse en supprimant six journaux.

Il a nommé au commandement de la garde nationale un général impopulaire, qui avait mission de l'assujettir à une discipline de fer et de la réorganiser sur les vieilles bases anti-démocratiques.

Il nous a mis la gendarmerie à la préfecture dans la personne du général Valentin, ex-colonel de gendarmes.

L'Assemblée même n'a pas craint de souffleter Paris qui venait de prouver son héroïsme.

Nous gardions, jusqu'à notre réorganisation, des canons payés par nous et que nous avions soustraits aux Prussiens. On a tenté de s'en emparer par des entreprises nocturnes et les armes à la main.

On ne voulait rien accorder : il fallait obtenir, et nous nous sommes levés pacifiquement, mais en masse.

On nous objecte aujourd'hui que l'Assemblée, saisie de peur, nous promet, pour un temps (non déterminé), l'élection communale et celle de nos chefs, et que, dès lors, notre résistance au pouvoir n'a plus à se prolonger.

La raison est mauvaise. Nous avons été trompés trop de fois pour ne l'être pas encore ; la main gauche, tout au moins, reprendrait ce qu'aurait donné la droite, et le peuple, encore une fois évincé, serait une fois de plus la victime du mensonge et de la trahison.

Voyez, en effet, ce que le gouvernement fait déjà !

Il vient de jeter à la Chambre, par la voix de Jules Favre, le plus épouvantable appel à la guerre civile, à la destruction de Paris par la province, et déverse sur nous les calomnies les plus odieuses.

Citoyens, — Notre cause est juste, notre cause est la vôtre ; joignez-vous donc à nous pour son

triomphe. Ne prêtez pas l'oreille aux conseils de
quelques hommes soldés qui cherchent à semer
la division dans nos rangs; et, enfin, si vos convictions sont autres, venez donc protester par des
bulletins blancs, comme c'est le devoir de tout
bon citoyen.

Déserter les urnes n'est pas prouver qu'on a
raison; c'est, au contraire, user de subterfuge
pour s'assimiler, comme voix d'abstentions, les
défaillances des indifférents, des paresseux ou des
citoyens sans foi politique.

Les hommes honnêtes répudient d'habitude de
semblables compromissions.

Avant l'accomplissement de l'acte après lequel
nous devons disparaître, nous avons voulu tenter
cet appel à la raison et à la vérité.

Notre devoir est accompli.

Hôtel de Ville, 24 mars 1871.

(*Suivent les signatures.*)

25. — Vous êtes appelés à élire votre Assemblée communale (le conseil municipal de la ville
de Paris).

Pour la première fois depuis le 4 septembre, la
République est affranchie du gouvernement de ses
ennemis.

Conformément au droit républicain, vous vous
convoquez vous-mêmes, par l'organe de votre Comité, pour donner aux hommes que vous-mêmes
aurez élus un mandat que vous-mêmes aurez
défini.

Votre souveraineté vous est rendue tout entière ; vous vous appartenez complétement ; profitez de cette heure précieuse, unique peut-être, pour ressaisir les libertés communales dont jouissent ailleurs les plus humbles villages, et dont vous êtes depuis si longtemps privés.

En donnant à votre ville une forte organisation communale, vous y jetterez les premières assises de votre droit, indestructible base de vos institutions républicaines.

Le droit de la cité est aussi imprescriptible que celui de la nation ; la cité doit avoir, comme la nation, son assemblée, qui s'appelle indistinctement assemblée municipale ou communale, ou commune.

C'est cette assemblée qui, récemment, aurait pu faire la force et le succès de la défense nationale, et, aujourd'hui, peut faire la force et le salut de la République.

Cette assemblée fonde l'ordre véritable, le seul durable, en l'appuyant sur le consentement souvent renouvelé d'une majorité souvent consultée, et supprime toute cause de conflit, de guerre civile et de révolution, en supprimant tout antagonisme entre l'opinion politique de Paris et le pouvoir exécutif central.

Elle sauvegarde à la fois le droit de la cité et le droit de la nation, celui de la capitale et celui de la province, fait leur juste part aux deux influences, et réconcilie les deux esprits.

Enfin, elle donne à la cité une milice nationale

qui défend les citoyens contre le pouvoir, au lieu d'une armée permanente qui défend le pouvoir contre les citoyens, et une police municipale qui poursuit les malfaiteurs, au lieu d'une police politique qui poursuit les honnêtes gens.

Cette assemblée nomme dans son sein des comités spéciaux qui se partagent ses attributions diverses (instruction, travail, finances, assistance, garde nationale, police, etc.).

. Les membres de l'assemblée municipale, sans cesse contrôlés, surveillés, discutés par l'opinion, sont révocables, comptables et responsables; c'est une telle assemblée, la ville libre dans le pays libre, que vous allez fonder. Citoyens, vous tiendrez à honneur de contribuer par votre vote à cette fondation. Vous voudrez conquérir à Paris la gloire d'avoir posé la première pierre du nouvel édifice social, d'avoir élu le premier sa commune républicaine.

Citoyens, — Paris ne veut pas régner, mais il veut être libre; il n'ambitionne pas d'autre dictature que celle de l'exemple; il ne prétend ni imposer ni abdiquer sa volonté; il ne se soucie pas plus de lancer des décrets que de subir des plébiscites; il démontre le mouvement en marchant lui-même, et prépare la liberté des autres en fondant la sienne. Il ne pousse personne violemment dans les voies de la République; il est content d'y entrer le premier.

Hôtel de Ville, 22 mars 1871.

(Suivent les signatures.)

9

26. — Le Comité central a ordonné une enquête sur les événements qui se sont passés place Vendôme, dans la journée du 22. Le Comité n'a pas voulu publier un récit immédiat, qui aurait pu être accusé de parti pris. Voici les faits. tels qu'ils résultent des témoignages produits dans l'enquête.

A une heure et demie, la manifestation, qui se massait depuis midi sur la place du Nouvel-Opéra, s'est engagée dans la rue de la Paix. Dans les premiers rangs, un groupe très-exalté, parmi lesquels les gardes nationaux affirment avoir reconnu MM. de Heckeren, de Coëtlogon et H. de Pène, anciens familiers de l'empire, agitait violemment un drapeau sans inscription. Arrivée à la hauteur de la rue Neuve-Saint-Augustin, la manifestation a entouré, désarmé et maltraité deux gardes nationaux détachés en sentinelles avancées. Ces citoyens n'ont dû leur salut qu'à la retraite, et sans fusils, les vêtements déchirés, ils se sont réfugiés sur la place Vendôme. Aussitôt les gardes nationaux, saisissant leurs armes, se sont portés immédiatement, en ordre de bataille, jusqu'à la hauteur de la rue Neuve-des-Petits-Champs.

La première ligne avait reçu l'ordre de lever la crosse en l'air si elle était rompue, et de se replier derrière la troisième; de même pour la seconde; la troisième devait croiser la baïonnette; mais recommandation expresse était faite de ne pas tirer.

Le premier rang de la foule, qui comptait environ 800 à 1,000 personnes, se trouve bientôt face à face avec les gardes nationaux. Le caractère de la manifestation se décide dès lors nettement. On crie : *A bas les assassins! A bas le Comité!* Les gardes nationaux sont l'objet des plus grossières insultes. On les appelle : *Assassins! lâches! brigands!* Ces furieux saisissent les fusils des gardes nationaux. On arrache le sabre d'un officier.

Les cris redoublent; et on a affaire non à une manifestation, mais à une véritable émeute. En effet, un coup de revolver vient atteindre à la cuisse le citoyen Maljournal, lieutenant d'état-major de la place, membre du Comité central. Le général Bergeret, commandant la place, accouru au premier rang dès le début, fait sommer les émeutiers de se retirer. Pendant près de cinq minutes on entend le roulement de tambour.

Dix sommations sont faites. On n'y répond que par des cris et des injures. Deux gardes nationaux tombent grièvement blessés. Cependant leurs camarades hésitent et tirent en l'air. Les émeutiers s'efforcent de rompre les lignes et de les désarmer. Des coups de feu retentissent et l'émeute est subitement dispersée. Le général Bergeret fait immédiatement cesser le feu. Les officiers se précipitent, joignant leurs efforts à ceux du général.

Il n'est que trop vrai que des maisons des coups de fusil ont été tirés sur les gardes nationaux. Deux d'entre eux ont été tués : les citoyens Wahlin et François, appartenant au 7ᵉ et au 215ᵉ bataillons; huit ont été blessés : ce sont les citoyens Maljournal, Cochet, Miche, Ancelot, Legat, Reyer, Train, Laborde.

Le premier des morts, porté à l'ambulance du Crédit mobilier, est le vicomte de Molinet, atteint à la tête et par derrière, au premier rang de l'émeute. Il est tombé au coin de la rue de la Paix et de la rue Neuve-des-Petits-Champs, la face contre terre, du côté de la place Vendôme. Il est de toute évidence que le vicomte de Molinet a été frappé par les émeutiers, car s'il eût été atteint en fuyant, il serait tombé à la renverse, la face en l'air. On a trouvé sur le corps un poignard fixé à la ceinture par une chaînette.

Un grand nombre de revolvers et de cannes à épée ont été ramassés dans la rue de la Paix et portés à l'état-major de la place.

Le docteur Rambow, ancien chirurgien-major du camp de Toulouse, domicilié, 32, rue de la Victoire, et un certain nombre de médecins accourus ont donné leurs soins aux blessés et signé les procès-verbaux.

Les valeurs trouvées sur les émeutiers ont été placées sous enveloppes scellées, et déposées à l'état-major de la place.

C'est grâce au sang-froid et à la fermeté du général Bergeret, qui a su contenir la juste indignation des gardes nationaux, que de plus grands accidents ont pu être évités.

Le général américain Shéridan, qui d'une croisée de la rue de la Paix a s ivi les événements,

a attesté que des coups de feu ont été tirés par
es hommes de la manifestation.

26 mars.

27. — Partie officielle. — Le Comité central
de la garde nationale, auquel se sont ralliés les
députés de Paris, les maires et adjoints, convaincus que le seul moyen d'éviter la guerre civile,
l'effusion du sang à Paris, et, en même temps,
d'affermir la République, est de procéder à des
élections immédiates, convoquent pour demain
dimanche tous les citoyens dans les colléges électoraux.

Les habitants de Paris comprendront que, dans
les circonstances actuelles, le patriotisme les oblige
à venir tous au vote, afin que les élections aient le
caractère sérieux qui, seul, peut assurer la paix
dans la cité.

Les bureaux seront ouverts à huit heures du matin et fermés à minuit.

Vive la République !

Les maires et adjoints de Paris.

1er arrondiss., AD. ADAM, MÉLINE, adjoints. —
2e, ÉMILE BRELAY, LOISEAU-PINSON, adjoints. —
3e, BONVALET, maire; CH. MURAT, adjoint. —
4e, VAUTRAIN, maire; DE CHATILLON, LOISEAU,
adjoints. — 5e, JOURDAN, COLLIN, adjoints. —
6e, A. LEROY, adjoint. — 9e, DESMARETS, maire;

E. FERRY, ANDRÉ, NAST, adjoints. — 10ᵉ, A. MU-
RAT, adjoint. — 11ᵉ, MOTTU, maire; BLANCHON,
POIRIER, TOLAIN, adjoints. — 12ᵉ, GRIVOT, maire;
DENIZOT, DUMAS, TURILLON, adjoints. — 13ᵉ, COM-
BES, LÉO MEILLET, adjoints. — 15ᵉ, JOBÉ-DUVAL,
SEXTIUS-MICHEL, adjoints. — 16ᵉ, CHAUDET, SE-
VESTRE, adjoints. — 17ᵉ; FR. FAVRE, maire;
MALON, VILLENEUVE, CACHEUX, adjoints. — 18ᵉ,
CLÉMENCEAU, maire; J.-A. LAFONT, DEREURE,
JACLARD, adjoints. — 19ᵉ, DEVEAUX, SATORY,
adjoints.

Les représentants de la Seine présents à Paris.

LOCKROY, FLOQUET, TOLAIN, CLÉMENCEAU,
V. SCHŒLCHR, GREPPO.

Le Comité central de la garde nationale.

AVOINE fils, ANT. ARNAUD, G. ARNOLD, ASSI, AN-
DIGNOUX, BOUIT, JULES BERGERET, BABICK, BAROU,
BILLIORAY, BLANCHET, L. BOURSIEB, CASTIONI,
CHOUTEAU, C. DUPONT, FABRE, FERRAT, HENRI
FORTUNÉ, FLEURY, FOUGERET, C. GAUDIER, GOU-
HIER, H. GÉRESME, GRELIER, GROLARD, JOURDE,
JOSSELIN, LAVALETTE, LISBONNE, MALJOURNAL,
ÉDOUARD MOREAU, MORTIER, PRUDHOMME, ROUS-
SEAU, RANVIER, VARLIN.

La déclaration que l'on vient de lire avait été
précédée et résulte des proclamations suivantes,
que nous publions à titre de documents :

COMITÉ CENTRAL.

Citoyens, — Entraînés par notre ardent désir de conciliation, heureux de réaliser cette fusion, but incessant de tous nos efforts, nous avons loyalement ouvert à ceux qui nous combattaient une main fraternelle. Mais la continuité de certaines manœuvres, et notamment le transfert nocturne de mitrailleuses à la mairie du 11ᵉ arrondissement nous obligent à maintenir notre résolution première.

Le vote aura lieu dimanche 26 mars.

Si nous nous sommes mépris sur la pensée de nos adversaires, nous les invitons à nous le témoigner en s'unissant à nous dans le vote commun de dimanche.

Hôtel de Ville, 25 mars 1871.

Les membres du Comité central.

(Suivent les signatures.)

28. — Les députés de Paris, les maires et les adjoints élus réintégrés dans les mairies de leurs arrondissements, et les membres du Comité central fédéral de la garde nationale, convaincus que, pour éviter la guerre civile, l'effusion du sang à Paris et pour affermir la République, il faut procéder à des élections immédiates, convoquent les électeurs demain dimanche, dans leurs colléges électoraux.

Le scrutin sera ouvert à huit heures du matin et fermé à minuit.

Les habitants de Paris comprendront que, dans les circonstances actuelles, ils doivent tous prendre part au vote, afin que ce vote ait le caractère sérieux qui seul peut assurer la paix dans la cité.

Les représenéants de la Seine présents à Paris :

E. LOCKROY, CH. FLOQUET, G. CLÉMENCEAU, TOLAIN, GREPPO.

Les maires et adjoints.

27 *mars.*

29. — **Partie officielle.** — Citoyens, — Notre mission est terminée; nous allons céder la place dans votre Hôtel de Ville à vos nouveaux élus, à vos mandataires réguliers.

Aidés par votre patriotisme et votre dévouement, nous avons pu mener à bonne fin l'œuvre difficile entreprise en votre nom. Merci de votre concours persévérant; la solidarité n'est plus un vain mot : le salut de la République est assuré.

Si nos conseils peuvent avoir quelque poids dans vos résolutions, permettez à vos plus zélés serviteurs de vous faire connaître, avant le scrutin, ce qu'ils attendent du vote aujourd'hui.

Citoyens, — Ne perdez pas de vue que les hommes qui vous serviront le mieux sont ceux que vous choisirez parmi vous, vivant de votre propre vie, souffrant des mêmes maux.

Défiez-vous autant des ambitieux que des parvenus; les uns comme les autres ne consultent que leur propre intérêt, et finissent toujours par se considérer comme indispensables.

Défiez-vous également des parleurs, incapables de passer à l'action; ils sacrifieront tout à un discours, à un effet oratoire ou à un mot spirituel. — Évitez également ceux que la fortune a trop favorisés, car trop rarement celui qui possède la fortune est disposé à regarder le travailleur comme un frère.

Enfin, cherchez des hommes aux convictions sincères, des hommes du peuple, résolus, actifs, ayant un sens droit et une honnêteté reconnue. — Portez vos préférences sur ceux qui ne brigueront pas vos suffrages; le véritable mérite est modeste, et c'est aux électeurs à connaître leurs hommes, et non à ceux-ci de se présenter.

Nous sommes convaincus que, si vous tenez compte de ces observations, vous aurez enfin inauguré la véritable représentation populaire, vous aurez trouvé des mandataires qui ne se considéreront jamais comme vos maîtres.

Hôtel de Ville, 25 mars 1871.
Le Comité central de la garde nationale.

29 mars.

30. — *La Commune de l'Algérie.* — Citoyens, — Les délégués de l'Algérie déclarent au nom de tous leurs commettants, adhérer de la façon la plus absolue à la Commune de Paris.

9.

L'Algérie toute entière revendique les libertés communales.

Opprimée pendant quarante années par la double centralisation de l'armée et de l'administration, la colonie a compris depuis longtemps que l'affranchissement complet de la commune est le seul moyen pour elle d'arriver à la liberté et à la prospérité.

Paris, le 28 mars 1871.

ALEXANDRE LAMBERT, LUCIEN RABUEL, LOUIS CALVINHAC.

30 *mars.*

31. — **Partie officielle** (30 mars). — Paris, le 29 mars 1871. — Le Comité central a remis ses pouvoirs à la Commune.

32. — *Commune de Paris.* — Citoyens, — Votre Commune est constituée.

Le vote du 26 mars a sanctionné la Révolution victorieuse.

Un pouvoir lâchement agresseur vous avait pris à la gorge : vous avez, dans votre légitime défense, repoussés de vos murs ce gouvernement qui voulait vous déshonorer en vous imposant un roi.

Aujourd'hui, les criminels, que vous n'avez même pas voulu poursuivre, abusent de votre magnanimité pour organiser aux portes mêmes de la cité un foyer de conspiration monarchique. Ils invoquent la guerre civile; ils mettent en œuvre toutes les corruptions; ils acceptent toutes les complicités; ils ont osé mendier jusqu'à l'appui de l'étranger.

Nous en appelons, de ces menées exécrables au jugement de la France et du monde.

Citoyens,

Vous venez de vous donner des institutions qui défient toutes les tentatives.

Vous êtes maîtres de vos destinées. Forte de votre appui, la représentation que vous venez d'établir va réparer les désastres causés par le pouvoir déchu : l'industrie compromise, le travail suspendu, les transactions commerciales paralysées, vont recevoir une impulsion vigoureuse.

Dès aujourd'hui, la décision attendue sur les loyers ;

Demain, celle des échéances ;

Tous les services publics rétablis et simplifiés ;

La garde nationale, désormais seule force armée de la citée, réorganisée sans délai.

Tels seront nos premiers actes.

Les élus du peuple ne lui demandent, pour assurer le triomphe de la République, que de les soutenir de sa confiance.

Quant à eux, ils feront leur devoir.

Hôtel de Ville, 29 mars 1871.

La Commune de Paris.

33. — La Commune de Paris décrète :

1° La conscription est abolie ;

2° Aucune force militaire, autre que la garde

nationale, ne pourra être créée ou introduite dans Paris ; .

3° Tous les citoyens valides font partie de la garde nationale.

Hôtel de Ville, 29 mars 1871.

La Commune de Paris.

34. — La Commune de Paris,

Considérant que le travail, l'industrie et le commerce ont supporté toutes les charges de la guerre, qu'il est juste que la propriété fasse au pays sa part de sacrifices, — décrète, — Art. 1er. Remise générale est faite aux locataires des termes d'octobre 1870, janvier et avril 1871.

Art. 2. Toutes les sommes payées par les locataires pendant les neuf mois seront imputables sur les termes à venir.

Art. 3. Il est fait également remise des sommes dues pour les locations en garni.

Art, 4. Tous les baux sont résiliables, à la volonté des locataires, pendant une durée de six mois, à partir du présent décret,

Art. 5. Tous congés donnés seront, sur la demande des locataires, prorogés de trois mois.

Hôtel de Ville, 29 mars 1871.

La Commune de Paris.

35. — ORGANISATION DES COMMISSIONS. — *Commission exécutive.* — Les citoyens Eudes, Tridon, Vaillant, Lefrançais, Duval, Félix Pyat, Bergeret.

Commission des finances. — Les citoyens Victor

Clément, Varlin, Jourde, Beslay, Régère.

Commission militaire. — Les citoyens Pindy, Eudes, Bergeret, Duval, Chardon, Flourens, Ranvier.

Commission de la justice. — Les citoyens Ranc, Protot, Léo Meillet, Vermorel, Ledroit, Babick.

Commission de sûreté générale. — Les citoyens Raoul Rigault, Ferré, Assi, Cournet, Oudet, Chalain, Gérardin.

Commission des subsistances. — Les citoyens Dereure, Champy, Ostyn, Clément, Parizel, Emile Clément, Fortuné Henry.

Commission du travail. — Industrie et échange. — Les citoyens Malon, Frankel, Theisz, Dupont, Avrial, Loiseau-Pinson, Eug. Gérardin, Puget.

Commission des relations extérieures. — Les citoyens Delescluze, Ranc, Paschal Grousset, Ulysse Parent, Arthur Arnould, Ant. Arnauld, Ch. Gérardin.

Commission des services publics. — Les citoyens Ostyn, Billioray, J.-B. Clément, Mardelet, Mortier, Rastoul.

Commission de l'enseignement. — Les citoyens Jules Vallès, docteur Goupil, Lefèvre, Urbain, Albert Leroy, Verdure, Demay, docteur Robinet, Jules Miot.

> 31 *mars.*

30. — La Commune décrète :

Art. 1ᵉʳ. Les membres de la Commune ont la direction administrative de leur arrondissement.

Art. 2. Ils sont invités à s'adjoindre, à leur choix, sous leur responsabilité, une commission pour l'expédition des affaires.

Art. 3. Les membres de la Commune ont seuls qualités pour procéder aux actes de l'état-civil.

La Commune de Paris.

1ᵉʳ avril.

37. — La Commission de justice arrête :

Le citoyen Protot est chargé d'expédier les affaires civiles et criminelles les plus urgentes et de prendre les mesures nécessaires pour garantir la liberté individuelle de tous les citoyens.

Les membres de la Commune de Paris, membres de la commission de justice.

RANC, VERMOREL, LÉO MEILLET, BABICK, BILLIORAY.

2 avril.

38. — La Commune de Paris décrète :

1° Le titre et les fonctions de général en chef sont supprimés ;

2° Le citoyen Brunel est mis en disponibilité ;

3° Le citoyen Eudes est délégué à la guerre, Bergeret à l'état-major de la garde nationale, et

Duval au commandement militaire de l'ex-préfecture de police.

Paris, le 1ᵉʳ avril 1871.

La commission exécutive :

Général EUDES, FÉLIX PYAT, G. TRIDON, Général JULES BERGERET, LEFRANÇAIS, E. DUVAL, ED. VAILLANT.

39. — La circulation, tant au dedans qu'en dehors de Paris, est libre.

Néanmoins, tout citoyen sortant de Paris ne pourra emporter avec lui aucun effet d'équipement, d'armement ou d'habillement militaire.

De même, tout journal imprimé à Paris peut librement être expédié hors Paris, après avoir, comme par le passé, acquitté ou préalable les droits de port.

Le membre du comité de sûrete génerale, délégué
près l'ex-préfecture de police,

RAOUL RIGAULT.

40. — Le citoyen Goupil est délégué par la commission d'enseignement à l'administration des services de l'instruction publique.

Paris, le 1ᵉʳ avril 1871.

Les membres de la Commune, membres
de la commission d'enseignement,

A. VERDURE, DEMAY, ERNEST LEFÈVRE, J.-B. CLÉMENT, J. MIOT, URBAIN,

3 avril.

41. — Partie officielle. — *A la garde nationale de Paris.* — Les conspirateurs royalistes ont *attaqué.*

Malgré la modération de notre attitude, ils ont *attaqué.*

Ne pouvant plus compter sur l'armée française, ils ont *attaqué* avec les zouaves pontificaux et la police impériale.

Non contents de couper les correspondances avec la province et de faire de vains efforts pour nous réduire par la famine, ces furieux ont voulu imiter jusqu'au bout les Prussiens et bombarder la capitale.

Ce matin, les chouans de Charette, les Vendéens de Cathelineau, les Bretons de Trochu, flanqués des gendarmes de Valentin, ont couvert de mitraille et d'obus le village inoffensif de Neuilly, et engagé la guerre civile avec nos gardes nationaux.

Il y a eu des morts et des blessés.

Élus par la population de Paris, notre devoir est de défendre la grande cité contre ces coupables agresseurs. Avec votre aide, nous la défendrons.

Paris, 2 avril 1871.

La Commission exécutive,

BERGERET, EUDES, DUVAL, LEFRANÇAIS, FÉLIX PYAT, G. TRIDON, E. VAILLANT.

42. — La Commune de Paris.

Considérant que les hommes du gouvernement de Versailles ont ordonné et commencé la guerre civile, attaqué Paris, tué et blessé des gardes nationaux, des soldats de la ligne, des femmes et des enfants;

Considérant que ce crime a été commis avec préméditation et guet-apens contre tout droit et sans provocation; — Décrète :

Art. 1er. MM. Thiers, Favre, Picard, Dufaure, Simon et Pothuau sont mis en accusation.

Art. 2. Leurs biens seront saisis et mis sous séquestre, jusqu'à ce qu'ils aient comparu devant la justice du peuple.

Les délégués de la justice et de la sûreté générale sont chargés de l'exécution du présent décret.   *La Commune de Paris.*

43. — La Commune de Paris adopte les familles des citoyens qui ont succombé ou succomberont en repoussant l'agression criminelle des royalistes conjurés contre Paris et la République française.

44. — La commune de Paris,

Considérant que le premier des principes de la République française est la liberté ;

Considérant que la liberté de conscience est la première des libertés;

Considérant que le budget des cultes est contraire au principe, puisqu'il impose les citoyens contre leur propre foi :

Considérant, en fait, que le clergé a été le complice des crimes de la monarchie contre la liberté, — Décrète :

Art. 1er. L'Église est séparée de l'État.

Art. 2. Le budget des cultes est supprimé.

Art. 3. Les biens dits de main-morte, appartenant aux congrégations religieuses, meubles et immeubles, sont déclarés propriétés nationales.

Art. 4. Une enquête sera faite immédiatement sur ces biens, pour en constater la nature et les mettre à la disposition de la nation.

La Commune de Paris.

45. — Le citoyen Cluseret est nommé délégué à la guerre, conjointement avec le citoyen Eudes.

Il entrera de suite en fonctions.

Hôtel de Ville, 2 avril 1871.

Le délégué à la commission, G. LEFRANÇAIS.

46. — **Partie non officielle.** — L'heure n'est plus aux déclarations de principes. Depuis hier, la lutte est engagée. Cette fois encore, la guerre civile a été déchaînée par ceux qui, pendant deux semaines, ont donné un accent sinistre, une portée sanglante à ces grands mots : L'ordre, la loi.

Eh bien ! même à cette heure terrible, la révolution du 18 mars, sûre de son idée et de sa force, n'abandonnera pas son programme. Si loin que puissent l'entraîner les nécessités de la guerre, si nouvelle que soit la situation où elle se trouve placée, la Commune n'oubliera pas qu'elle n'a pas été élue pour gouverner la France, mais bien pour l'affranchir, en faisant appel à son initiative, en lui donnant l'exemple.

Mais si la Commune de Paris entend respecter le droit de la France, elle n'entend pas ménager plus longtemps ceux qui, ne représentant même plus le despotisme des majorités, ayant épuisé leur mandat, viennent aujourd'hui attenter à son existence.

Des esprits impartiaux et neutres l'ont reconnu; Paris était hier, il est aujourd'hui surtout à l'état belligérant. Tant que la guerre n'aura pas cessé par la défaite ou la soumission d'une des deux parties en présence, il n'y aura pas à délimiter les droits respectifs. Tout ce que Paris fera contre l'agresseur sera légitimé par ce fait qui constitue un droit, à savoir : défendre son existence.

Et qui donc a provoqué? Qui donc, depuis deux semaines, a le plus souvent prononcé les paroles de violence et de haine? N'est-ce pas ce pouvoir tout gonflé d'orgueil et de raison d'État, qui, voulant d'abord nous désarmer pour nous asservir, et s'insurgeant contre nos droits primordiaux, même après sa défaite, nous traitaient encore d'insurgés? D'où sont venues, au contraire, les pensées de pacification, d'attributions définies, de contrat débattu, sinon de Paris vainqueur?

Aujourd'hui l'ennemi de la cité, de ses volontés

manifestées par deux cent mille suffrages, de ses
droits reconnus, même des dissidents, lui envoie
non des propositions de paix, pas même un ultimatum, mais l'argument de ses canons ; même
dans le combat, il nous traite encore en insurgés
pour lesquels il n'y a pas de droit des gens ; ses
gendarmes lèvent la crosse en l'air en signe d'ail-
liance, et lorsque nous avançons pour fraterniser,
ils nous fusillent à bout portant, ses obus éclatent
au milieu de nous et tuent nos jeunes filles !

Voilà donc enfin cette répression annoncée,
promise à la réaction royaliste, préparée dans
l'ombre comme un forfait par ceux-là même qui,
pendant de si longs mois, bernèrent notre patriotisme, sans user notre courage !

A cette provocation, à cette sauvagerie, la Commune a répondu par un acte de froide justice. Ne
pouvant encore atteindre les principaux coupables dans leurs personnes, elle les frappe dans
leurs biens. Cette mesure de stricte justice sera
ratifiée par la conscience de la cité, cette fois
unanime.

Mais si les plus coupables, les plus responsables
sont ceux qui dirigent, il y a des coupables aussi,
des responsables parmi ceux qui exécutent. Il y a
surtout ce parti du passé qui, pendant la guerre,
mettait sa valeur au service de ses priviléges et
de ses traditions, bien plus qu'au service de la
France, qui en combattant ne pouvait défendre
notre patrie, puisque depuis 89 notre patrie, ce
n'est pas seulement notre vieille terre natale, mais

aussi les conquêtes politiques, civiles et morales
de la Révolution.

Ces hommes loyaux peut-être, mais fanatiques
à coup sûr, se sont réunis sans honte aux bandes
policières. Ils sont atteints dans leur parti d'après
cette loi fatale de solidarité à laquelle nul n'é-
chappe. La mesure qui les frappe n'est d'ailleurs
que le retour aux principes mêmes de la Révolution française, en dehors de laquelle ils se sont
toujours placés. C'est une rupture que devait amener tôt ou tard la logique de l'idée.

Leur alliance avec le pouvoir bâtard qui nous
combat n'est, en effet, au point de vue de leur
croyance et de leurs intérêts, que le devoir et la
nécessité même. Rebelles à une conception de la
justice qui dépasse leur foi, c'est à la Révolution,
à ses principes, à ses conséquences qu'ils font la
guerre. Ils veulent écraser Paris, parce qu'ils
pensent du même coup écraser la pensée, la
science libres; parce qu'ils espèrent substituer au
travail joyeux et consenti la dure corvée subie par
l'ouvrier résigné, par l'industriel docile, pour en-
tretenir dans sa fainéantise et dans sa gloire leur
petit monde de supérieurs.

Ces ennemis de la Commune veulent nous arracher non-seulement la République, mais aussi
nos droits d'hommes et de citoyens. Si leur cause
antihumaine venait à triompher, ce ne serait pas
seulement la défaite du 18 mars, mais aussi du
24 février, du 29 juillet, du 10 août.

Donc il faut que Paris triomphe; jamais il n'a

mieux représenté qu'aujourd'hui les idées, les intérêts, les droits pour lesquels ses pères ont lutté
et qu'ils avaient conquis.

C'est ce sentiment de l'importance de son
droit, de la grandeur de son devoir qui rendra
Paris plus que jamais unanime. Qui donc oserait,
devant ses concitoyens tués ou blessés, à deux pas
de ces jeunes filles mitraillées, qui donc oserait,
dans la cité libre, parler le langage d'un esclave?
Dans la cité guerrière, qui donc oserait agir en
espion?

Non, toute dissidence aujourd'hui s'effacera,
parce que tous se sentent solidaires, parce que jamais il n'y a eu moins de haine, moins d'antagonisme social; parce qu'enfin de notre union dépend notre victoire.

4 avril.

47. — Le Commune décide :

Les citoyens Duval, Bergeret et Eudes, retenus
loin de Paris par les opérations militaires, sont
remplacés à la commission exécutive par les citoyens Delescluze, Cournet et Vermorel.

Le citoyen Cluseret est délégué au ministère de
la guerre.

Les citoyens Blanchet et Géresme sont délégués
à la commission de justice.

5 *avril.*

48. — Partie officielle. — *Commune de Paris, proclamation au peuple de Paris.* — Citoyens, — Les monarchistes qui siégent à Versailles ne vous font pas une guerre d'hommes civilisés; ils vous font une guerre de sauvages.

Les Vendéens de Charrette, les agents de Piétri *fusillent les prisonniers, égorgent les blessés. tirent sur les ambulances !*

Vingt fois, les misérables qui déshonorent l'uniforme de la ligne ont levé la crosse en l'air, puis, traitreusement, ont fait feu sur nos braves et confiants concitoyens.

Ces trahisous et ces atrocités ne donneront pas la victoire aux éternels ennemis de nos droits.

Nous en avons pour garants l'énergie, le courage et le dévouement à la République de la garde nationale.

Son héroïsme et sa constance sont admirables.

Ses artilleurs ont pointé leurs pièces avec une justesse et une précision merveilleuses.

Leur tir a plusieurs fois éteint le feu de l'ennemi, qui a dû laisser une mitrailleuse entre nos mains.

Citoyens, — La Commune de Paris ne doute pas de la victoire.

Des résolutions énergiques sont prises.

Les services momentanément désorganisés par la défection et la trahison, sont, dès maintenant, réorganisés.

Les heures sont utilement employées pour votre triomphe prochain.

La Commune compte sur vous, comme vous pouvez compter sur elle.

Bientôt il ne restera plus aux royalistes de Versailles que la honte de leurs crimes.

A vous, citoyens, il restera toujours l'éternel honneur d'avoir sauvé la France et la République.

Gardes nationaux, — La Commune de Paris vous félicite et déclare que vous avez bien mérité de la République.

Paris, 4 avril 1871.

La Commission exécutive :

BERGERET, DELESCLUZE, DUVAL, EUDES, FÉLIX PYAT, G. TRIDON, E. VAILLANT.

6 avril.

49. — **Partie officielle.** — Citoyens,—Chaque jour, les bandits de Versailles égorgent ou fusillent nos prisonniers, et pas d'heure ne s'écoule sans nous apporter la nouvelle de ces assassinats.

Les coupables, vous les connaissez : ce sont les gendarmes et les sergents de ville de l'empire, ce sont les royalistes de Charette et de Cathelineau qui marchent contre Paris au cri de *Vive le Roi* et drapeau blanc en tête.

Le gouvernement de Versailles se met en dehors des lois de la guerre et de l'humanité ; force nous sera d'user de représailles.

Si, continuant à méconnaître les conditions habituelles de la guerre entre peuples civilisés, nos ennemis massacrent encore un seul de nos soldats, nous répondrons par l'exécution d'un nombre égal ou double de prisonniers.

Toujours généreux et juste même dans sa colère, le peuple abhorre le sang comme il abhorre la guerre civile ; mais il a le devoir de se protéger contre les attentats sauvages de ses ennemis, et, quoi qu'il lui en coûte, il rendra œil pour œil, dent pour dent.

Paris, le 5 avril 1871.   *La Commune de Paris.*

50. La Commune de Paris,

Considérant que le gouvernement de Versailles foule ouvertement aux pieds les droits de l'humanité comme ceux de la guerre ; qu'il s'est rendu coupable d'horreurs dont ne se sont même pas souillés les envahisseurs du sol français ;

Considérant que les représentants de la Commune de Paris ont le devoir impérieux de défendre l'honneur et la vie des deux millions d'habitants qui ont remis entre leurs mains le soin de leurs destinées ; qu'il importe de prendre sur l'heure toutes les mesures nécessitées par la situation ;

Considérant que des hommes politiques et des magistrats de la cité doivent concilier le salut commun avec le respect des libertés publiques :
— Décrète :

Art. 1er. Toute personne prévenue de complicité avec le gouvernement de Versailles sera immédiatement décrétée d'accusation et incarcérée,

Art. 2. Un jury d'accusation sera institué dans les vingt-quatre heures pour connaître des crimes qui lui seront déférés.

Art. 3. Le jury statuera dans les quarante-huit heures.

Art. 4. Tous accusés retenus par le verdict du jury d'accusation seront les otages du peuple de Paris.

Art. 5. Toute exécution d'un prisonnier de guerre ou d'un partisan du gouvernement régulier de la Commune de Paris sera, sur le champ, suivie de l'exécution d'un nombre triple des otages retenus en vertu de l'article 4, et qui seront désignés par le sort.

Art. 6. Tout prisonnier de guerre sera traduit devant le jury d'accusation, qui décidera s'il sera immédiatement remis en liberté ou retenu comme otage.

51. **Partie non officielle.** — Nous recevons la communication suivante :

Paris, le 5 avril 1871.

Aux membres de la commune de Paris.

J'arrive de Versailles encore tout ému, indigné des faits horribles que j'ai vus de mes propres yeux.

Les prisonniers sont reçus à Versailles d'une manière atroce. Ils sont frappés sans pitié. J'en ai vu sanglants, les oreilles arrachées, le visage et le cou déchirés comme par des griffes de bêtes féroces. J'ai vu le colonel Henry en cet état, et je dois ajouter à son honneur, à sa gloire, que, méprisant cette bande de barbares, il est passé fier, calme, marchant stoïquement à la mort.

Une cour prévôtale fonctionne sous les regards du gouvernement. C'est dire que la mort fauche nos concitoyens faits prisonniers. Les caves où on les jette sont d'affreux bouges, confiés aux bons soins des gendarmes.

J'ai cru de mon devoir de bon citoyen de vous faire part de ces cruautés, dont le souvenir seul provoquera encore longtemps mon indignation.

BARRÈRE.

Je certifie que la présente déclaration a été faite devant moi. LEROUX.

> *Commandant du 4ᵉ bataillon de la garde*
> *nationale.*

7 avril.

52. — **Partie officielle.**— *La Commune de Paris aux départements.* —Vous avez soif de vérité, et, jusqu'à présent, le gouvernement de Versailles ne vous a nourris que de mensonges et de calomnies. Nous allons donc vous faire connaître la situation dans toute son exactitude.

C'est le gouvernement de Versailles qui a commencé la guerre civile en égorgeant nos avant-
postes, trompés par l'apparence pacifique de ces
sicaires ; c'est aussi ce gouvernement de Versailles
qui fait assassiner nos prisonniers, et qui menace
Paris des horreurs de la famine et d'un siége,
sans souci des intérêts et des souffrances d'une
population déjà éprouvée par cinq mois d'investissement. Nous ne parlerons pas de l'interruption
du service des postes, si préjudiciable au commerce, de l'accaparement des produits de l'oc-
troi, etc., etc.

Ce qui nous préoccupe avant tout, c'est la propagande infâme organisée dans les départements
par le gouvernement de Versailles pour noircir le
mouvement sublime de la population parisienne.
On vous trompe, frères, en vous disant que Paris
veut gouverner la France et exercer une dictature qui serait la négation de la souveraineté nationale. On vous trompe lorsqu'on vous dit que le
vol et l'assassinat s'étalent publiquement dans
Paris. Jamais nos rues n'ont été plus tranquilles.
Depuis trois semaines, pas un vol n'a été commis,
pas une tentative d'assassinat ne s'est produite.

Paris n'aspire qu'à fonder la République et à
conquérir ses franchises communales, heureux
de fournir un exemple aux autres communes de
France.

Si la Commune de Paris est sortie du cercle
de ses attributions normales, c'est à son grand regret, c'est pour répondre à l'état de guerre pro-

roqué par le gouvernement de Versailles. Paris n'aspire qu'à se renfermer dans son autonomie, plein de respect pour les droits égaux des autres communes de France.

Quant aux membres de la Commuue, ils n'ont d'autre ambition que de voir arriver le jour où Paris, délivré des royalistes qui le menacent, pourra procéder à de nouvelles élections.

Encore une fois, frères, ne vous laissez pas prendre aux monstrueuses inventious des royalistes de Versailles. Songez que c'est pour vous autant que pour lui que Paris lu'te et combat en ce moment. Que vos efforts se joignent aux nôtres, et nous vaincrons, car nous représentons le droit et la justice, c'est-à-dire le bonheur de tous par tous, la liberté pour tous et pour chacun sous les auspices d'une solidarité volontaire et féconde.

Paris, le 6 avril 1871.

La Commission exécutive,
Cournet, Delescluze, Félix Pyat.
Tridon, Vaillant, Vermorel.

53. — La Commune de Paris,

Considérant que les gardes nationaux ont reçu l'arme et reçoivent la solde pour défendre la République ;

Considérant que plusieurs manquent à leur service, tout en touchant leur paye, et gardent leur fusil inutile ainsi dans leurs mains, décrète

10.

Art. 1er. Tout garde national réfractaire sera désarmé.

Art. 2. Tout garde désarmé pour refus de service sera privé de sa solde.

Art. 3. En cas de refus de service pour le combat, le garde réfractaire sera privé de ses droits civiques, par décision du conseil de discipline.

Paris, le 6 avril 1871.

La Commune de Paris.

54. — **Partie non officielle.** — Le comité central de la fédération républicaine de la garde nationale vient d'adresser la proclamation suivante aux habitants de Paris :

Citoyens,

Ce qui se passe en ce moment est l'éternelle histoire des criminels cherchant à se soustraire au châtiment en commettant un dernier crime qui leur permette de régner, impunis, par l'épouvante !

Ils sont une poignée de parjures, de traitres, de faussaires et d'assassins, qui veulent noyer la justice dans le sang.

La guerre civile est leur dernière chance de salut; ils la déchaînent : qu'ils soient mille fois maudits et qu'ils périssent !

Citoyens de Paris, nous voici revenus aux grands jours de sublime héroïsme et de vertu suprême ! Le bonheur du pays, l'avenir du monde entier sont dans vos mains. C'est la bénédiction ou la malédiction des générations futures qui vous attend.

Travailleurs, ne vous y trompez pas : c'est la grande lutte, c'est le parasitisme et le travail, l'exploitation et la production qui sont aux prises.

Si vous êtes las de végéter dans l'ignorance et de croupir dans la misère ; si vous voulez que vos enfants soient des hommes, ayant le bénéfice de leur travail, et non des sortes d'animaux dressés pour l'atelier ou pour le combat, fécondant de leurs sueurs la fortune d'un exploiteur, ou répandant leur sang pour un despote ; si vous ne voulez plus que vos filles, que vous ne pouvez élever et surveiller à votre gré, soient des instruments de plaisir aux bras de l'aristocratie d'argent ; si vous ne voulez plus que la débauche et la misère poussent les hommes dans la police et les femmes à la prostitution ; si vous voulez enfin le règne de la justice, travailleurs, soyez intelligents, debout ! et que vos fortes mains jettent sous vos talons l'immonde réaction !

Citoyens de Paris, commerçants, industriels, boutiquiers, penseurs, vous tous enfin qui travaillez et qui cherchez de bonne foi la solution des problèmes sociaux, le Comité central vous adjure de marcher unis dans le progrès. Inspirez-vous des destinées de la patrie et de son génie universel.

Le Comité central a conscience que l'héroïque population parisienne va s'immortaliser et régénérer le monde.

Vive la République! Vive la Commune!
Paris, 5 avril 1871.

8 *avril*.

55. — **Partie officielle.**—Vu le vote de la Commune du 5 avril, relatif à une enquête sur les arrestations faites par le Comité central et par la commission de sûreté, la commission exécutive invite la commission de justice à instruire immédiatement sur le nombre et la cause de ces arrestations, et à donner l'ordre de l'élargissement ou de la comparution devant un tribunal et un jury d'accusation. La commission de justice doit d'urgence s'occuper d'une mesure qui intéresse particulièrement l'un des grands principes de la République, la liberté.

Paris, le 7 avril 1871.

La commission exécutive :
COURNET, DELESCLUZE, FÉLIX PYAT,
G. TRIDON, E. VAILLANT, VERMOREL.

56.—Citoyens,—Le *Journal officiel* de Versailles contient ce qui suit :

« Quelques hommes reconnus pour appartenir à l'armée, et saisis les armes à la main, ont été passés par les armes, suivant la rigueur de la loi militaire qui frappe les soldats combattant leur drapeau. »

Cet horrible aveu n'a pas besoin de commen-

laires. Chaque mot crie vengeance, justice ! Elle
ne sera pas attendue. La violence de nos ennemis
prouve leur faiblesse. Ils assassinent ; les républicains combattent. La République vaincra !

Paris, le 7 avril 1871.

La commission exécutive :

COURNET, DELESCLUZE, FÉLIX PYAT,
G. TRIDON, VAILLANT, VERMOREL.

57. — *A la garde nationale.* — Citoyens, l'Assemblée de Versailles a fait appel aux volontaires
des départements contre Paris.

La Commune de Paris a fait appel au droit
contre l'Assemblée de Versailles.

Les volontaires ont répondu à l'appel du droit.

Limoges a proclamé la Commune. Son Hôtel-
de-Ville a les mêmes couleurs que le nôtre. La
troupe de ligne a fraternisé avec la garde nationale. L'armée du droit marchera au secours, non
de Versailles, mais de Paris.

Guéret, de même, a fait sa Commune, et attend
Limoges pour le suivre.

Tout le centre est levé pour grossir le mouvement. La Nièvre a ses hommes debout. Vierzon,
Commune aussi, tient la tête du chemin de fer
pour empêcher les gendarmes de Versailles d'a-
vancer contre Toulouse, et pour aider les gardes
nationaux marchant vers Paris.

Si Paris continue à faire son devoir, s'il est
aussi constant qu'il a été brave, c'en est fait de la
guerre civile et de ses coupables auteurs.

Vive la Commune ! Vive la République !
Paris, le 7 avril 1871.

La commission exécutive :
COURNET, DELESCLUZE, FÉLIX PYAT, TRIDON,
ED. VAILLANT, VERMOREL.

58. — Considérant que les grades de généraux sont incompatibles avec l'organisation démocratique de la garde nationale et ne sauraient être que temporaires :

Art. 1er. Le grade de général est supprimé.

Art. 2. Le citoyen Ladislas Dombrowski, commandant de la 12e légion, est nommé commandant de la place de Paris, en remplacement du citoyen Bergeret, appelé à d'autres fonctions.

Paris le 6 avril 1871.

La commission exécutive :
COURNET, DELESCLUZE, FÉLIX PYAT,
TRIDON, E. VAILLANT, VERMOREL.

59. — **Partie non officielle.** — *A la garde nationale.* — Citoyens, — Je remarque avec peine que, oubliant notre origine modeste, la manie ridicule du galon, des broderies, des aiguillettes commence à se faire jour parmi nous.

Travailleurs, vous avez pour la première fois accompli la révolution du travail par et pour le travail.

Ne renions pas notre origine, et surtout n'en rougissons pas. Travailleurs nous étions, travailleurs nous sommes, travailleurs nous resterons.

C'est au nom de la vertu contre le vice, du devoir contre l'abus, de l'austérité contre la corruption que nous avons triomphé, ne l'oublions pas.

Restons vertueux et hommes du devoir avant tout; nous fonderons alors la République austère, la seule qui puisse et ait le droit d'exister.

Avant de sévir, je rappelle mes concitoyens à eux-mêmes : plus d'aiguillettes, plus de clinquant, plus de ces galons qui coûtent si peu à étager et si cher à notre reponsabilité.

A l'avenir, tout officier qui ne justifiera pas du droit de porter les insignes de son grade, ou qui ajoutera à l'uniforme réglementaire de la garde nationale des aiguillettes ou autres distinctions vaniteuses, sera passible des peines disciplinaires.

Je profite de cette circonstance pour rappeler chacun au sentiment de l'obéissance hiérarchique dans le service; en obéissant à vos élus, vous obéissez à vous-mêmes.

Paris, le 7 avril 1871.

Le délégué à la guerre, E. CLUSERET.

69 — Considérant les patriotiques réclamations d'un grand nombre de gardes nationaux qui tiennent, quoique mariés, à l'honneur de défendre leur indépendance municipale, même au prix de leur vie, le décret du 5 avril est ainsi modifié :

De dix-sept à dix-neuf ans, le service dans les compagnies de guerre sera volontaire, et de dix-neuf à quarante obligatoire pour les gardes nationaux, mariés ou non.

J'engage les bons patriotes à faire eux-mêmes la police de leur arrondissement et à forcer les réfractaires à servir.

Le délégué à la guerre, E. CLUSERET.

9 *avril.*

61 — **Partie officielle.** — La Commune de Paris décrète :

Tout citoyen blessé à l'ennemi pour la défense des droits de Paris recevra, si sa blessure entraîne une incapacité de travail partielle ou absolue, une pension annuelle et viagère dont le chiffre sera fixée par une commission spéciale, dans les limites de *trois cents* à *douze cents* francs.

62 — En exécution des ordres de la Commune, le citoyen J. Dombrowski prendra le commandement de la place de Paris, en remplacement du citoyen Bergeret.

En conséquence, à partir d'aujourd'hui 8 avril, tous les ordres relatifs aux mouvements de troupes seront donnés par le commandant de la place, J. Dombrowski.

Paris, le 8 avril 1871.

Le délégué à la guerre,
E. CLUSERET.

63 — Une commission des barricades, présidée par le commandant de place et composée des capitaines du génie, de deux membres de la Com-

mune et d'un membre élu par chaque arrondissement, est instituée à partir du 9 avril.

Elle se réunira à l'état-major de la place le 9
avril à une heure.

Paris, le 8 avril 1871.

Le délégué à la guerre, E. CLUSERET.

64. — *Avis aux éditeurs et imprimeurs de journaux*. — La *déclaration préalable* pour la publication des journaux et écrits périodiques, de
même que le *dépôt*, sont toujours obligatoires, et
doivent se faire au bureau de la presse, délégation
de la sûreté générale et de l'intérieur, place Beau-
vau.

65. — **Partie non officielle.** — L'affiche suivante a été posée hier sur les murs de Paris :

L'infanterie de ligne à la population de Paris.

Citoyens,

Un conseil de guerre siégeant à Versailles vient
de condamner à la peine de mort les officiers et
sous-officiers de l'armée qui ont refusé de faire
feu sur le peuple.

Aux habitants de Paris de nous juger, et si nous
sommes coupables, nos poitrines sont là pour répondre. Nous ne tomberons pas en lâches.

Le capitaine d'infanterie délégué : A. PIERRE.

BONAVENTURE, *capitaine*, PHILIPPOT, *sergent*.

10 avril.

66. — **Partie officielle.** — Citoyens, — Je rap-

pelle aux gardes nationaux de Paris qu'il est absolument interdit de passer en armes sur la zone neutre qui entoure Paris.

Les Prussiens sont rigides exécuteurs de la convention, et veulent qu'on l'exécute de même.

Ils sont dans leur droit, et nous devons le respecter.

En conséquence, j'engage formellement les gardes nationaux à ne pas se promener en armes sur la zone neutre.

Paris, le 11 avril 1871.

Le délégué à la guerre, Général É. CLUSERET.

67. — Partie non officielle. — *Consigne réglant la circulation aux portes de Paris. — Ordre. — Consigne formelle.* — Ne laisser sortir de Paris que tout individu muni d'un laissez-passer de la Place ou de la Préfecture de police, s'il est garde national et en dehors du service.

Quant aux autres personnes, il leur faut un laissez-passer de l'ex-préfecture de police.

Tout contrevenant à cette consigne sera sévèrement puni.

Chaque officier relevant la garde doit prendre connaissance de cette consigne.

Les officiers qui seraient trouvés en défaut passeront en cour martiale.

Le Commandant de place.

68. — *Avis.* — Les citoyennes patriotes sont priées de se réunir aujourd'hui mardi, 11 avril, à

8 heures du soir, 79, rue du Temple, salle Larched, au grand café de la Nation, afin de prendre des résolutions définitives pour la formation dans tous les arrondissements de comités, à l'effet d'organiser le mouvement des femmes par rapport à la défense de Paris, au cas où la réaction et ses gendarmes tenteraient de s'en emparer.

Nous demandons le concours actif de toutes les citoyennes qui comprennent que le salut de la patrie dépend de l'issue de cette lutte, qui savent que l'ordre social actuel porte en soi des germes de misère et de mort pour toute liberté, toute justice, et qui, par conséquent, acclament le règne du travail et de l'égalité, prêtes, au moment du danger suprême, à combattre et mourir pour le triomphe de cette Révolution à laquelle se sacrifient nos frères !...

12 avril.

69. — Partie officielle. — La commune de Paris décrète : — Tout citoyen, fonctionnaire ou industriel, détenteur d'armes de guerre et de munitions, par suite de commandes non suivies de livraison, ou les ayant en dépôt sous un prétexte quelconque, aura à en faire la déclaration dans les quarante-huit heures au Ministère de la guerre. Tout contrevenant au présent décret sera rendu responsable et traduit immédiatement devant un conseil de guerre.

Paris, le 11 avril 1871.

13 *avril.*

70. — Parfie officielle. — La Commune de Paris, — Considérant que la colonne impériale de la place Vendôme est un monument de barbarie, un symbôle de force brute et de fausse gloire, une affirmation du militarisme, une négation du droit international, une insulte permanente des vainqueurs aux vaincus, un attentat perpétuel à l'un des trois grands principes de la république française, la fraternité. — Décrète :

Article unique. La colonne de la place Vendôme sera démolie.

Paris, le 12 avril 1871.

71. — La Commune de Paris, — Vu les questions multiples que soulève la loi sur les échéances à cause des nombreux intérêts auxquels elle touche, et la nécessité d'un examen plus approfondi, — Arrête :

Article unique. Toutes poursuites pour échéances sont suspendues jusqu'au jour où paraîtra, au *Journal officiel,* le décret sur les échéances.

Paris, le 12 avril 1871.

72. — *Solde de la garde nationale.* — La délégation des finances et la délégation de la guerre — Arrêtent :

1° La solde des officiers de la garde nationale

appelés à un service actif en dehors de l'enceinte fortifiée est fixée ainsi qu'il suit :

Général en chef, 16 fr. 65 par jour, 500 francs par mois.

Général en second, 15 francs par jour, 450 francs par mois.

Colonel, 12 francs par jour, 360 francs par mois.

Commandant, 10 francs par jour, 300 francs par mois.

Capitaine, chirurgien-major, adjudant-major, 7 fr. 50 par jour, 225 francs par mois.

Lieutenant, aide-major, 5 fr. 50 par jour, 165 francs par mois.

Sous-lieutenant, 5 francs par jour, 150 francs par mois.

2º Dans l'intérieur de Paris et tant que durera la situation actuelle, la solde des officiers de la garde nationale, pour ceux qui auront besoin de cette solde, est fixée à 2 fr. 50 par jour pour les sous-lieutenants, lieutenants et capitaines, et à 5 francs par jour pour les commandants et adjudants-majors.

Paris, le 12 avril 1871.

Les délégués des finances membres de la Commune,

FR. JOURDE, E. VARLIN.

Le délégué à la guerre, E. CLUSERET.

73. — La Commune — décrète :

Art. 1ᵉʳ. Le régiment des sapeurs-pompiers de Paris est licencié comme corps militaire, à la date du 1ᵉʳ avril,

Art. 2. Le corps des sapeurs-pompiers, licencié, est reconstitué, à la même date, sous le titre de : Corps civil des sapeurs-pompiers de la Commune de Paris.

Art. 3. Ce corps ne fait plus partie des attributions du ministre de la guerre; il est placé sous la direction et l'autorité de la Commune de Paris.

Art. 4. Un décret ultérieur statuera sur l'organisation définitive du corps des sapeurs-pompiers.

Paris, le 12 avril 1871.

74. — **Partie non officielle.** — *Adresse des citoyennes à la commission exécutive de la Commune de Paris.* — Considérant :

Qu'il est du devoir et du droit de tous de combattre pour la grande cause du peuple, pour la Révolution ;

Que le péril est imminent et l'ennemi aux portes de Paris;

Que l'union faisant la force, à l'heure du danger suprême, tous les efforts individuels doivent se fusionner pour former une résistance collective de la population entière, à laquelle rien ne saurait résister;

Que la Commune représentante du grand principe proclamant l'anéantissement de tout privilège, de toute inégalité, — par là même, est engagée à tenir compte des justes réclamations de la population entière, sans distinction de sexe, — distinction créée et maintenue par le besoin de l'antagonisme sur lequel reposent les priviléges des classes gouvernantes;

Que le triomphe de la lutte actuelle — ayant pour but la suppression des abus, et, dans un avenir prochain, la rénovation sociale tout entière, assurant le règne du travail et de la justice, — a, par conséquent, le même intérêt pour les citoyennes que pour les citoyens;

Que le massacre des défenseurs de Paris par les assassins de Versailles exaspère à l'extrême la masse des citoyennes et les pousse à la vengeance.

Qu'un grand nombre d'entre elles sont résolues, au cas où l'ennemi viendrait à franchir les portes de Paris, à combattre et vaincre ou mourir pour la défense de nos droits communs;

Qu'une organisation sérieuse de cet élément révolutionnaire en une force capable de donner un soutien effectif et vigoureux à la Commune de Paris, ne peut réussir qu'avec l'aide et le concours du gouvernement de la Commune :

Par conséquent,

Les déléguées des citoyennes de Paris demandent à la commission exécutive de la Commune :

1° De donner l'ordre aux mairies de tenir à la disposition des comités d'arrondissement et du Comité central, institués par les citoyennes pour l'organisation de la défense de Paris, une salle dans les mairies des divers arrondissements, ou bien, en cas d'impossibilité, un local séparé, où les comités pourraient siéger en permanence,

2° De fixer dans le même but un grand local où les citoyennes pourraient faire des réunions publiques.

3° De faire imprimer aux frais de la Commune les circulaires, affiches et avis que lesdits comités jugeront nécessaires de propager.

Pour les citoyennes déléguées membres du comité central des citoyennes :

Adélaïde VALENTIN, ouvrière; Noémie COLLEUILLE, ouvrière; MARCAND, ouvrière; Sophie GRAIX, ouvrière; Joséphine PRATT, ouvrière; Céline DELVAINQUIER, ouvrière; Aimée DELVAINQUIER, ouvrière; Élisabeth DMITRIEFF.

75. — Mardi 11 avril, eut lieu la réunion des citoyennes, convoquée dans le but d'organiser dans chaque arrondissement des comités destinés à servir de bureaux d'enregistrement, de renseignements et de direction pour les citoyennes patriotes résolues à soutenir et à défendre la cause de la Révolution, soit en constituant des corps réguliers pour le service de l'ambulance, soit en formant des compagnies prêtes, au moment du danger suprême, — si Paris était envahi, à construire des barricades et à s'y battre d'ensemble avec ceux d'entre nos frères pour qui la lutte engagée est une question de vie et de mort, en tant qu'il y va du triomphe ou de la défaite, — momentanée naturellement, — des principes vitaux de l'humanité, la liberté luttant contre le despotisme.

le travail contre le capital, l'avenir, enfin, contre le passé!...

Après des délibérations successives, des comités se sont organisés pour la plupart des arrondissements.

Le comité central provisoire se reformera prochainement, et sera constitué des délégués des comités d'arrondissement.

La liste des membres des comités, ainsi que les statuts et les règlements et l'indication des siéges des comités, seront insérés sous peu dans tous les journaux démocratiques.

Une adresse des citoyennes, signée des membres du comité central provisoire, a été envoyée à la Commission exécutive de la Commune, lui demandant de fixer des locaux pour les comités, afin qu'ils puissent y siéger en permanence, et d'assigner des salles de réunion à la disposition du Comité central.

La Commission exécutive de la Commune a adhéré à la demande, et l'installation des comités va s'effectuer.

Le Comité central des citoyennes tâchera de se mettre en rapports avec les commissions d'ambulances et de barricades du Gouvernement, afin d'aider de toutes ses forces au travail de la Commune, en tant que lesdites commissions du Gouvernement n'auront qu'à s'adresser au comité central des citoyennes, pour avoir le nombre voulu de femmes prêtes à servir aux ambulances, ou, en cas de besoin, aux barricades.

Une seconde réunion, convoquée par le comité, a eu lieu aujourd'hui 13 avril.

Une quête faite à la réunion a produit 20 francs.

La somme a été versée à la caisse du Comité central des citoyennes.

15 avril.

76. — **Partie officielle.** — La Commune de Paris.

Considérant que s'il importe pour le salut de la République que tous les conspirateurs et les traîtres soient mis dans l'impossibilité de nuire, il n'importe pas moins d'empêcher tout acte arbitraire ou attentatoire à la liberté individuelle, — Décrète :

Art. 1er. Toute arrestation devra être notifiée immédiatement au délégué de la Commune à la justice, qui interrogera ou fera interroger l'individu arrêté, et le fera écrouer dans les formes régulières, s'il juge que l'arrestation doive être maintenue.

Art. 2. Toute arrestation qui ne serait pas notifiée dans les vingt-quatre heures au délégué de la justice sera considéré comme une arrestation arbitraire, et ceux qui l'auront opérée seront poursuivis.

Art. 3. Aucune perquisition ou réquisition ne pourra être faite qu'elle n'ait été ordonnée par l'autorité compétente ou ses organes immédiats, porteurs de mandats réguliers délivrés au nom des pouvoirs constitués par la Commune.

Toute perquisition ou réquisition arbitraire entraînera la mise en arrestation de ses auteurs.

Paris, le 14 avril 1871.

77. — *Ordre.* — L'intendance disposant de quantités considérables de denrées et liquides, l'intendant général arrête :

Toute réquisition de vins et denrées est formellement interdite dans lintérieur de l'enceinte.

L'intendant général, MAY.

78. — **Partie non officielle.** — Certains journaux rendent fort inexactement compte des démarches faites auprès de la commission exécutive par les délégués de la *Ligue d'union républicaine des droits de Paris.*

La commission exécutive a écouté, mais à titre officieux seulement, le rapport que la Ligue a fait insérer dans les journaux, mais sans avoir plus que précédemment le devoir de répondre à une question qui ne pouvait lui être adressée.

La Ligue a pris librement une initiative à laquelle la commission exécutive, aussi bien que la Commune, sont et devaient demeurer étrangères. Elle a résumé à sa façon les aspirations de Paris ; elle a posé un ultimatum au gouvernement de Versailles, annonçant par une affiche qui se lit encore sur nos murs que *si le gouvernement de Versailles restait sourd à ces revendications légitimes,*

Paris tout entier se lèverait pour les défendre.

Le cas prévu et posé par la Ligue s'étant réalisé, elle n'a pas besoin d'interroger la Commune, elle n'a qu'à tirer la conséquence de ses déclarations spontanées, en conviant Paris tout entier à se lever pour défendre ses droits méconnus.

16 *avril.*

79. — **Partie officielle**. — *Ordre.* — Pour éviter les accidents dans les rues de Paris, l'ancien réglement sur les cavaliers est remis en vigueur.

Il est défendu à tout cavalier, estafette militaire ou civil, de circuler au galop dans les rues de Paris.

La garde nationale, la police civile et la population sont chargées de l'exécution du présent ordre et de l'arrestation des délinquants.

Le général commandant de place,

P. O. : *Le colonel chef d'état-major,*

HENRY.

Approuvé :

Le délégué à la guerre,

CLUSERET.

80. — Le délégué à la guerre prévient le public que toute réquisition faite sans un ordre écrit et revêtu du timbre de la délégation de la guerre est illégalle.

En conséquence, il ne sera pas fait droit aux réclamations qui seront présentées sans le bon de réquisition.

La garde nationale est invitée à prêter main-forte pour arrêter tout individu qui chercherait à faire des réquisitions sans mandat régulier.

17 avril.

81 — Partie officielle. — La commission exécutive,

Sur la proposition du délégué à la guerre, — Arrête :

Art. 1er. Les armes des bataillons dissous seront immédiatement restituées aux mairies.

Art. 2. Seront pareillement restituées aux mairies les armes des émigrés, des réfractaires jugés comme tels par le conseil de discipline.

Art. 3. Les municipalités devront faire faire des perquisitions méthodiques par rues et par maisons, afin d'assurer dans le plus bref délai la rentrée de toutes ces armes.

Art. 4. Toutes fausses déclarations faites par les concierges entraîneront leur arrestation immédiate.

Art. 5. Toutes les armes recueillies par les mairies seront renvoyées à l'arsenal de Saint-Thomas-d'Aquin.

Art. 6. Les armes ainsi restituées serviront à armer les nouveaux bataillons. Les fusils Chassepot ne seront donnés qu'aux bataillons de marche, en attendant qu'on en puisse donner à tous.

Paris, le 16 avril 1871.

La commission exécutive :

AVRIAL, COURNET, DELESCLUZE, FÉLIX PYAT, TRIDON, ED. VAILLANT, VERMOREL.

82. — Partie non officielle. — Des faits graves se sont produits hier dans le VIII° arrondissement.

Un certain nombre de gardes nationaux appartenant au 248° bataillon a osé envahir, rue du Faubourg-Saint-Honoré, 56, l'hôtel de la légation de Belgique, et violer effrontément, avec les droits sacrés de l'hospitalité due par la France à tous les étrangers, les immunités diplomatiques respectées par tous les peuples civilisés.

Une enquête immédiate a été ouverte : quelques-uns des coupables sont arrêtés; les autres ne tarderont pas à l'être.

Ils seront traduits immédiatement en conseil de guerre.

83. — Des officiers de l'état-major du général Dombrowski et de la garde nationale sont venus apporter à l'Hôtel de Ville deux drapeaux pris sur les Versaillais à Neuilly.

Le premier de ces drapeaux est de couleur verte, et porte la croix vendéenne; le second est composé des trois couleurs disposées en forme de croix.

Le drapeau vendéen arboré sur une habitation, a été enlevé dans un élan commun par les officiers et gardes du 210ᵉ bataillon.

Le second drapeau versaillais, planté sur une barricade, a été pris par le citoyen Letellon (Jean-Félix), garde à la troisième compagnie de marche du 134ᵉ bataillon, qui combattait dans les rangs du 114ᵉ bataillon de la garde nationale.

Ce n'est qu'avec peine que cet énergique citoyen s'est séparé de son glorieux trophée, et s'est décidé à le laisser partir à l'Hôtel de Ville.

La commission exécutive a transmis aux délégués de ces braves bataillons les félicitations de la Commune.

18 avril.

84. — **Partie officielle.** — *Loi sur les échéances.* — La Commune décrète :

Art. 1ᵉʳ. Le remboursement des dettes de toute nature souscrites jusqu'à ce jour et portant échéance, billets à ordre, mandats, lettres de change, factures réglées, dettes concordataires, etc., sera effectué dans un délai de trois années à partir du 15 juillet prochain, et sans que ces dettes portent intérêt.

Art. 2. Le total des sommes dues sera divisé en douze coupures égales, payables par trimestre, à partir de la même date.

Art. 3. Les porteurs des créances ci-dessus énoncées pourront, en conservant les titres primitifs, poursuivre le remboursement desdites créances par voie de mandats, traites ou lettres de change mentionnant la nature de la dette et de la garantie, conformément à l'article 2.

Art. 4. Les poursuites, en cas de non-acceptation ou de non-payement, s'exerceront seulement sur la coupure qui y donnera lieu.

Art. 5. Tout débiteur qui, profitant des délais accordés par le présent décret, aura, pendant ces délais, détourné, aliéné ou anéanti son actif en fraude des droits de son créancier, sera considéré, s'il est commerçant, comme coupable de banqueroute frauduleuse, et s'il n'est pas commerçant, comme coupable d'escroquerie. Il pourra être poursuivi comme tel, soit par son créancier, soit par le ministère public.

Paris, le 16 avril 1871.

85. — **Partie non officielle.** — Le délégué à la guerre apprend que des officiers des postes ou des gardes nationaux portent atteinte à la liberté individuelle en arrêtant arbitrairement, sans mandat régulier, dans les domiciles particuliers, dans les lieux publics ou sur la voie publique, des citoyens suspectés à plus ou moins bon droit.

En attendant que la Commune ait pris à cet égard des mesures définitives, le délégué à la guerre rappelle à tous les gardes nationaux qu'ils ne peuvent faire d'arrestations et intervenir dans l'ouverture et la fermeture des lieux publics qu'en vertu d'ordres réguliers émanant de l'autorité compétente.

Toute infraction au présent avis sera déférée aux conseils de guerre.

86. — Il court depuis quelques jours des bruits alarmants sur l'investissement de Paris. Ces bruits seraient capables d'émouvoir à juste titre les citoyens s'ils étaient fondés, et de faire hausser le prix des subsistances par l'accaparement. Pour les réduire à leur valeur, nous pouvons informer les citoyens que des marchés assurés sont passés pour approvisionner Paris par le nord et par l'est,

19 avril.

87. — **Partie officielle.** — La Commune, considérant qu'il est impossible de tolérer dans Paris assiégé des journaux qui prêchent ouvertement la guerre civile, donnent des renseignements militaires à l'ennemi, et propagent la calomnie contre les défenseurs de la République, a arrêté la suppression des journaux le *Soir*, la *Cloche*, l'*Opinion nationale*, et le *Bien public*.

20 avril.

88. — **Partie officielle.** — *Déclaration au peuple français*. — Dans le conflit douloureux et terrible qui impose une fois encore à Paris les horreurs du siége et du bombardement, qui fait couler

le sang français, qui fait périr nos frères, nos femmes, nos enfants écrasés sous les obus et la mitraille, il est nécessaire que l'opinion publique ne soit pas divisée, que la conscience nationale ne soit point troublée.

Il faut que Paris et le pays tout entier sachent quelle est la nature, la raison, le but de la Révolution qui s'accomplit. Il faut enfin que la responsabilité des deuils, des souffrances et des malheurs dont nous sommes les victimes retombe sur ceux qui, après avoir trahi la France et livré Paris à l'étranger, poursuivent avec une aveugle et cruelle obstination la ruine de la capitale, afin d'enterrer, dans le désastre de la République et de la Liberté, le double témoignage de leur trahison et de leur crime.

La Commune a le devoir d'affirmer et de déterminer les aspirations et les vœux de la population de Paris; de préciser le caractère du mouvement du 18 mars, incompris, inconnu et calomnié par les hommes politiques qui siègent à Versailles.

Cette fois encore, Paris travaille et souffre pour la France entière, dont il prépare, par ses combats et ses sacrifices, la régénération intellectuelle, morale, administrative et économique, la gloire et la prospérité.

Que demande-t-il?

La reconnaissance et la consolidation de la République, seule forme de gouvernement compatible avec les droits du peuple et le développement régulier et libre de la société;

L'autonomie absolue de la Commune étendue à toutes les localités de la France, et assurant à chacune l'intégralité de ses droits, et à tout Français le plein exercice de ses facultés et de ses aptitudes, comme homme, citoyen et travailleur;

L'autonomie de la Commune n'aura pour limites que le droit d'autonomie égal pour toutes les autres communes adhérentes au contrat, dont l'association doit assurer l'unité française.

Les droits inhérents à la Commune sont :

Le vote du budget communal, recettes et dépenses; la fixation et la répartition de l'impôt; la direction des services locaux; l'organisation de sa magistrature, de la police intérieure et de l'enseignement; l'administration des biens appartenant à la Commune;

Le choix par l'élection ou le concours, avec la responsabilité, et le droit permanent de contrôle et de révocation des magistrats ou fonctionnaires communaux de tous ordres;

La garantie absolue de la liberté individuelle, de la liberté de conscience et la liberté du travail.

L'intervention permanente des citoyens dans les affaires communales par la libre manifestation de leurs idées, la libre défense de leurs intérêts : garanties données à ces manifestations par la Commune, seule chargée de surveiller et d'assurer le libre et juste exercice du droit de réunion et de publicité;

L'organisation de la défense urbaine et de la garde nationale, qui élit ses chefs et veille seule au maintien de l'ordre dans la cité.

Paris ne veut rien de plus à titre de garanties locales, à condition, bien entendu, de retrouver dans la grande administration centrale, délégation des communes fédérées, la réalisation et la pratique des mêmes principes.

Mais, à la faveur de son autonomie et profitant de sa liberté d'action, Paris se réserve d'opérer comme il l'entendra, chez lui, les réformes administratives et économiques que réclame sa population; de créer des institutions propres à développer et propager l'instruction, la production, l'échange et le crédit; à universaliser le pouvoir et la propriété, suivant les nécessités du moment, le vœu des intéressés et les données fournies par l'expérience.

Nos ennemis se trompent ou trompent le pays quand ils accusent Paris de vouloir imposer sa volonté ou sa suprématie au reste de la nation, et de prétendre à une dictature qui serait un véritable attentat contre l'indépendance et la souveraineté des autres communes.

Ils se trompent ou trompent le pays quand ils accusent Paris de poursuivre la destruction de l'unité française, constituée par la Révolution, aux acclamations de nos pères, accourus à la fête de la Fédération de tous les points de la vieille France.

L'unité, telle qu'elle nous a été imposée jusqu'à

ce jour par l'empire, la monarchie et le parlementarisme, n'est que la centralisation despotique,
inintelligente, arbitraire ou onéreuse.

L'unité politique telle que la veut Paris, c'est
l'association volontaire de toutes les initiatives
locales, le concours spontané et libre de toutes les
énergies individuelles en vue d'un but commun,
le bien-être, la liberté et la sécurité de tous.

La Révolution communale, commencée par
l'initiative populaire du 18 mars, inaugure une
ère nouvelle de politique expérimentale, positive,
scientifique.

C'est la fin du vieux monde gouvernemental et
clérical, du militarisme, du fonctionnarisme, de
l'exploitation, de l'agiotage, des monopoles, des
priviléges, auxquels le prolétariat doit son servage,
la patrie ses malheurs et ses désastres.

Que cette chère et grande patrie, trompée par
les mensonges et les calomnies, se rassure donc!

La lutte engagée entre Paris et Versailles est de
celles qui ne peuvent se terminer par des compromis illusoires : l'issue n'en saurait être dou-
teuse. La victoire, poursuivie avec une indompta-
ble énergie par la garde nationale, restera à l'idée
et au droit.

Nous en appelons à la France!

Avertie que Paris en armes possède autant de
calme que de bravoure; qu'il soutient l'ordre avec
autant d'énergie que d'enthousiasme; qu'il se sa-
crifie avec autant de raison que d'héroïsme, qu'il
ne s'est armé que par dévouement pour la liberté

et la gloire de tous, que la France fasse cesser ce sanglant conflit !

C'est à la France à désarmer Versailles par la manifestation solennelle de son irrésistible volonté.

Appelée à bénéficier de nos conquêtes, qu'elle se déclare solidaire de nos efforts; qu'elle soit notre alliée dans ce combat qui ne peut finir que par le triomphe de l'idée communale ou par la ruine de Paris !

Quant à nous, citoyens de Paris, nous avons la mission d'accomplir la révolution moderne, la plus large et la plus féconde de toutes celles qui ont illuminé l'histoire.

Nous avons le devoir de lutter et de vaincre !

Paris, le 19 avril 1871.

La Commune de Paris.

89. — Les matériaux qui composent la colonne de la place Vendôme sont mis en vente.

Ils sont divisés en 4 lots :

2 lots, matériaux de construction.

2 lots, métaux.

Ils seront adjugés par lots séparés, par voie de soumissions cachetées adressées à la direction du génie, 84, rue Saint-Dominique-Saint-Germain.

22 *avril.*

90. — **Partie non officielle.** — Voici la liste

des commissions nouvelles nommées dans la séance du 21 avril :

Guerre. — Delescluze, Tridon, Avrial, Ranvier, Arnold.

Finances. — Beslay, Billioray, Victor Clément, Lefrançais, Félix Pyat.

Sûreté générale. — Cournet, Vermorel, Ferré, Trinquet, Dupont.

Enseignement. — Courbet, Verdure, Jules Miot, Vallès, J.-B. Clément.

Subsistances. — Varlin, Parisel, V. Clément, Arthur Arnould, Champy.

Justice. — Gambon, Dereure, Clémence, Langevin, Durand.

Travail et échange. — Theisz, Malon, Serrailler, Ch. Longuet, Chalain.

Relations extérieures. — Meillet, Charles Gérardin, Amouroux, Johannard, Vallès.

Services publics. — Ostyn, Vésinier, Rastoul, Ant. Arnaud, Pottier.

Sur 53 votants, sont nommés délégués :

Guerre, Cluseret, 42. — Finances, Jourde, 33. — Subsistances, Viard, 30. — Relations extérieures, Paschal Grousset, 27. — Enseignement, Vaillant, 27. — Justice, Protot, 47. — Sûreté générale, R. Rigault, 29. — Travail et échange, Frankel, au 2ᵉ tour. — Services publics, Jules Andrieu, au 2ᵉ tour.

23 avril.

91. — Partie officielle. — Les citoyens qui

connaîtraient des dépôts de produits chimiques, machines, aérostats, appareils divers appartenant à l'État ou à la ville, sont priés d'en faire la déclaration à la délégation scientifique, hôtel des travaux publics, rue Saint-Dominique.

Les détenteurs de pétrole sont tenus de faire la déclaration par écrit de leur stock, à la même adresse et dans les trois jours.

Les inventeurs d'engins de guerre offensive ou défensive peuvent adresser leurs plans, modèles ou descriptions à la même adresse. Dans les trois jours, ces objets leur seront rendus si leur projet n'est pas accepté. On ne reçoit pas les personnes.

Les chimistes, constructeurs-mécaniciens, ouvriers en instruments de précision, fabricants de revolvers ou de fusils, qui veulent du travail, peuvent se présenter tous les jours, à dix heures, à l'hôtel des travaux publics, à la délégation scientifique.

Paris, le 22 avril 1871.

Le délégué, PARISEL.

92. — *Ordre.* — Après en avoir conféré avec la commission exécutive, et dans un but strict d'humanité, j'autorise une suspension d'armes à Neuilly, à l'effet de faire rentrer dans Paris les femmes, enfants, vieillards, en un mot les non-combattants qui, enfermés dans Neuilly, sont victimes innocentes de la lutte.

Le général Dombrowski prendra, d'accord avec les citoyens Bonvallet et Stupuy, de l'Union républicaine des droits de Paris, les dispositions militaires nécessaires pour que la suspension d'armes maintienne strictement le *statu quo*. Cette suspension aura lieu de jour.

Aussitôt la réponse de Versailles, j'en fixerai le jour et la durée.

Le délégué à la guerre, CLUSERET.

93. — Partie non officielle. — *Direction des ambulances.* — Chargé par le citoyen Cluseret de la direction générale des ambulances, je crois devoir expliquer certains actes de mon administration que la malveillance pourrait dénaturer.

Considérant que la Commune a déclaré la séparation de l'Église et de l'État, et que, d'une autre part, il importe de laisser toute liberté à chaque citoyen de vivre et de mourir selon sa croyance, s'il en a une, j'ai fait enlever des salles d'ambulances tout insigne religieux, de n'importe quel culte ; j'en ai interdit l'entrée aux membres de toutes les sectes ou corporations religieuses, tout en procurant immédiatement au blessé qui en ferait la demande la visite du ministre de sa religion, curé, pasteur, pope ou rabbin.

J'ai surtout eu soin d'écarter des blessés ces visites fatigantes de gens qui, sous prétexte de religion, viennent démoraliser les blessés, et ajouter aux souffrances physiques des tortures morales, abusant de la dépression de toutes leurs facultés pour leur arracher une faiblesse, leur faisant un crime du grand combat soutenu au

12

nom du droit et de la République universelle, au
point de les faire presque rougir de leurs glorieu-
ses blessures.

Paris, le 22 avril 1871.   D͏ʳ Rousselle.

94. — *Avis.* — Appel est fait aux artificiers et
aux ouvriers spéciaux pour la préparation des fusées percutentes des obus.

On devra se faire inscrire au poste des pom-
piers (côté Est), palais de l'Industrie.

24 avril.

95. — **Partie officielle.** — La Commune de Paris, — Décrète :

Art. 1ᵉʳ. Les huissiers, notaires, commissaires-
priseurs et greffiers de tribunaux quelconques qui
seront nommés à Paris à partir de ce jour recevront un traitement fixe. Ils pourront être dispen-
sés de fournir un cautionnement.

Art. 2. Ils verseront tous les mois, entre les
mains du délégué aux finances, les sommes par
eux perçues pour les actes de leur compétence.

Art. 3. Le délégué à la justice est chargé de
l'exécution du présent décret.

Paris, le 23 avril 1871.   *La Commune.*

96. — Les Alsaciens et Lorrains actuellement
dans Paris ne pourront être contraints au service
de la garde nationale. Ils auront à produire la
preuve de leur origine.

Le délégué à la guerre espère que le bon sens populaire le dispensera d'entrer dans de plus amples détails sur les motifs de cette mesure.

Paris, le 23 avril 1871.

Le délégué à la guerre, CLUSERET.

97. — Tout membre de la Commune a le droit, s'il est muni de sa carte de pénétrer à toute heure dans tout bâtiment public, civil ou militaire.

25 avril.

98. — **Partie officielle.** — Une suspension d'armes de quelques heures a été convenue pour permettre à la malheureuse population de Neuilly de venir chercher dans Paris un abri contre le bombardement sauvage qu'elle subit depuis vingt-deux jours.

Le feu cessera aujourd'hui mardi, 25 avril, *à neuf heures du matin.*

Il sera repris aujourd'hui, *à cinq heures de l'après-midi.*

Paris, 25 avril 1871.

La commission exécutive :

Jules ANDRIEU, CLUSERET, FRANCKEL, JOURDE, Paschal GROUSSET, PROTOT, Raoul RIGAULT, VAILLANT, VIARD.

99. — *Au peuple de Paris.* — Citoyens, — Il y a sept mois à peine, nos frères de Neuilly venaient

demander aux remparts de Paris un abri contre les obus prussiens.

A peine revenus dans leurs foyers, c'est par les obus français qu'ils en sont chassés pour la seconde fois.

Que nos bras et nos cœurs soient ouverts à tant d'infortune.

Cinq membres de la Commune ont reçu le mandat spécial d'accueillir à nos portes ces femmes, ces enfants, innocentes victimes de la scélératesse monarchique.

Les municipalités leur assureront un toit.

Le sentiment de la solidarité humaine, si profond chez tout citoyen de Paris, leur réserve une hospitalité fraternelle.

Paris, 25 avril 1871.

La commission exécutive :

Jules ANDRIEU, CLUSERET, FRANCKEL, JOURDE, Paschal GROUSSET, PROTOT, Raoul RIGAULT, VAILLANT, VIARD.

100. — Le citoyen Raoul Rigault, délégué à la sûreté générale, a donné sa démission : il a été nommé membre de la commission de sûreté.

Le citoyen Cournet a été nommé délégué à la sûreté générale.

101. — Sur la proposition du citoyen Protot, délégué à la justice,

La Commune de Paris,

Considérant que si les nécessités de salut public

commandent l'institution de juridictions spé-
ciales, elles permettent aux partisans du droit
d'affirmer les principes d'intérêt social et d'é-
quité, qui sont supérieurs à tous les événements :

Le jugement par les pairs ;

L'élection des magistrats ;

La liberté de la défense, — Décrète :

Art. 1er. Les jurés seront pris parmi les délégués de la garde nationale élus à la date de la promulgation du décret de la Commune de Paris, qui
institue le jury d'accusation.

Art. 2. Le jury d'accusation se composera de
quatre sections, comprenant chacune douze jurés
tirés au sort, en séance publique de la Commune
de Paris, convoquée à cet effet. Les douze premiers noms sortis de l'urne composeront la première section du jury. Il sera tiré, en outre, pour
cette section, huit noms de jurés supplémentai-
res, et ainsi de suite pour les autres sections. L'accusé et la partie civile pourront seuls exercer le
droit de récusation.

Art. 3. Les fonctions d'accusateur public seront
remplies par un procureur de la Commune et par
quatre substituts, nommés directement par la
Commune de Paris.

Art. 4. Il y aura auprès de chaque section un
rapporteur et un greffier, nommés par la commission de justice.

Art. 5. L'accusé sera cité à la requête du procureur de la Commune ; il y aura au moins un dé-

12.

lai de vingt-quatre heures entre la citation et les débats.

L'accusé pourra faire citer, même aux frais du trésor de la Commune, tous témoins à décharge. Les débats seront publics. L'accusé choisira librement son défenseur, même en dehors de la corporation des avocats. Il pourra proposer toute exception qu'il jugera utile à sa défense.

Art. 6. Dans chaque section, les jurés désigneront eux-mêmes leur président pour chaque audience. A défaut de cette élection, la présidence sera dévolue par la voie du sort.

Art. 7. Après la nomination du président, les témoins à charge et à décharge seront entendus. Le procureur de la Commune ou ses substituts soutiendront l'accusation. L'accusé et son conseil proposeront la défense. Le président du jury ne résumera pas les débats.

Art. 8. L'examen terminé, le jury se retirera dans la chambre de ses délibérations. Les jurés recevront deux bulletins de vote portant : le premier, ces mots : L'accusé est coupable ; le second, ces mots : L'accusé n'est pas coupable.

Art. 9. Après sa délibération, le jury rentrera dans la salle d'audience. Chacun des jurés déposera son bulletin dans l'urne ; le scrutin sera dépouillé par le président ; le greffier comptera les votes et proclamera le résultat du scrutin. L'accusé ne sera déclaré coupable qu'à la majorité de huit voix sur douze.

Art. 10. Si l'accusé est déclaré non coupable, il sera immédiatement relaxé.

Art. 11. Toutes citations devant le jury et toutes notifications quelconques pourront être faites par les greffiers des sections du jury d'accusation. Elles seront libellées sur papier libre et sans frais.

Paris, le 22 avril 1871.

102. — **Partie non officielle.** — Le bruit s'étant répandu depuis quelques jours de l'évacuation imminente des forts du nord et de l'est par l'armée allemande, et de leur cession possible aux troupes de Versailles, le commandant du château de Vincennes avait cru devoir faire armer d'un certain nombre de canons les remparts de cette forteresse.

Cette mesure de précaution a donné lieu à l'incident suivant :

Un parlementaire, envoyé par le commandant en chef du premier corps d'armée allemande, s'est présenté hier à la porte de Charenton pour demander à la Commune la stricte observation de la convention du 28 janvier.

Le délégué à la guerre a fait immédiatement droit à cette réclamation, en faisant désarmer les bastions de Vincennes.

27 *avril*.

103.—Partie officielle. — La commission exécutive,

Considérant que les magistrats du tribunal civil de la Seine ont lâchement abandonné leurs siéges et compromis les intérêts des citoyens ;

Considérant qu'il importe de pourvoir immédiatement à l'expédition des affaires urgentes, en attendant la reconstitution complète des tribunaux civils par le suffrage universel, — Arrête :

Article unique. Le citoyen Voncken (Adolphe), avocat près la cour d'appel de Paris et ancien magistrat de la République, est nommé président chargé des référés, des conciliations en matière de séparation de corps et des légalisations de signatures.

Paris, le 26 avril 1871.

La commission exécutive :

Jules ANDRIEU, CLUSERET, FRANCKEL, JOURDE, Paschal GROUSSET, PROTOT, COURNET, VAILLANT, VIARD.

104. — Le délégué aux relations extérieures rappelle à qui de droit que les personnes et les biens des citoyens étrangers sont sous la garantie du droit des neutres et de l'hospitalité proverbiale de la France.

En conséquence, aucuns objets mobiliers, voitures, chevaux, etc., aucun appartement inscrit au nom d'un citoyen étranger, jouissant des immunités attachées au titre sacré d'hôte de la République, *ne peuvent et ne doivent être sujets à réquisition.*

Paris, le 26 avril 1871.

Le délégué aux relations extérieures,
Paschal GROUSSET.

105. — Le membre de la Commune délégué à la guerre,

Vu le rapport de la commission de la guerre, — Arrête :

Art. 1ᵉʳ. Il est créé dans chaque municipalité un bureau militaire composé de sept citoyens; ils seront nommés par les membres de la Commune de chaque arrondissement.

Leurs attributions sont ainsi fixées :

Requérir les armes;

Rechercher les réfractaires pour les incorporer immédiatement dans les bataillons de l'arrondissement;

Procéder en même temps au maintien sur le pied actif des compagnies sédentaires pour assurer le service intérieur des postes, bastions et poternes.

Art. 2. Les conseils de légion donneront aux bureaux militaires leur action pleine et entière pour l'exécution des mesures prises ou à prendre avec le concours du Comité central de la garde nationale.

Art. 5. Les chefs de légion seuls sont chargés

de l'exécution des ordres militaires émanant de la Place pour le service intérieur et le service extérieur.

Art. 4. Afin d'assurer l'exécution constante du présent décret, et pour éviter tout conflit capable de l'entraver, les bureaux militaires, les conseils de légion, les chefs de légion, adresseront chacun et chaque jour à la commission de la guerre, 90, rue Saint-Dominique-Saint-Germain, un rapport écrit et sommaire donnant le résumé de leurs opérations.

Afin de ménager les forces de la garde nationale, les municipalités, d'accord avec la légion, établiront un état du nombre et de l'importance des postes à desservir dans leur arrpndissement.

Fait à Paris, le 26 avril 1871.

Le délégué à la guerre, CLUSERET.

106. — Il est interdit aux gardes nationaux de s'occuper du mouvement des marchandises dans les gares, et d'intervenir dans tout ce qui concerne l'administration et l'exploitation des chemins de fer, à moins d'en être régulièrement requis par les commissaires de surveillance chargés de ce contrôle.

L'intervention imprudente des postes de la garde nationale dans un service de cette importance pourrait avoir de très-fâcheux effets sur le ravitaillement de Paris.

Paris, le 26 avril 1871.

Le délégué à la guerre, CLUSERET.

107. — Le citoyen Raoul Rigault a été nommé procureur de la Commune.

Quelques jours après le 18 mars, la Commune, ayant besoin de toutes ses forces, et voulant an-nuler les efforts de ceux que le gouvernement déchu avait laissés derrière lui, et qui pouvaient conspirer contre elle, mettait en état d'arrestation et écrouait à Mazas, où ils sont encore, plusieurs hauts personnages suspects à bon droit de rela-tions avec l'ennemi : Darboy, archevêque de Pa-ris; Lagarde, son grand vicaire; Deguerry, curé de la Madeleine; Bonjean, ex-président du Sé-nat, etc., etc.

Presque en même temps, le 19 mars, en ré-ponse pour ainsi dire et comme une représaille envers l'insurrection du 18, les agents de M. Thiers arrêtaient, dans une petite ville du midi, malade, épuisé, le citoyen Blanqui, motivant l'arrestation par sa condamnation à mort comme contumax, pour l'affaire du 31 octobre.

Blanqui fut conduit dans un état désespéré à la prison de Figeac. Depuis le jour de son arres-tation, personne de ses amis, pas même ses pa-rents les plus proches, n'a pu savoir de ses nou-velles. Les précautions les plus minutieuses ont dû être prises par le gouvernement de Versailles pour que le secret le plus absolu fut gardé sur le lieu de réclusion.

Quand Blanqui fut envoyé à l'Hôtel de Ville par le vote du 26 mars, la Commune sentit bien que

la présence dans son sein de l'homme dont chacun de ses membres avait pu, depuis le 4 septembre, apprécier la clairvoyance politique qui lui
était nécessaire, et qu'en ne réclamant pas Blanqui, elle perdait ainsi, de son bon gré, la voix la
plus influente peut-être du conseil.

Ce fut alors que des amis particuliers de Blanqui, d'accord avec certains membres de la Commune, entreprirent des démarches en vue d'obtenir du gouvernement de Versailles son élargissement en échange d'autres détenus.

Le citoyen Flotte, ancien compagnon de cachot
de Blanqui, son ami depuis de longues années, se
chargea de cette mission difficile. Il entreprit
d'aller trouver l'archevêque Darboy, détenu à
Mazas, et de jeter avec lui les bases d'un échange
possible. Le citoyen Raoul Rigault, délégué à
l'ex-préfecture de police, lui remit le laisser-pas-
ser suivant (que nous avons entre les mains, ainsi
que toutes les autres pièces publiées dans la suite
de cet article) :

RÉPUBLIQUE FRANÇAISE.
PRÉFECTURE DE POLICE
(Cabinet du secrétaire général).

Paris, 14 avril 1871.

Au directeur de Mazas,
Laissez communiquer le citoyen Flotte avec Lagarde, grand-
vicaire, et Darboy, archevêque de Paris.

Le délégué à la préfecture de police,
Signé : Raoul RIGAULT.

Permis personnel
valable tous les jours et à toute heure.

Muni de ce laissez-passer, le citoyen Flotte se rendit dans la cellule de l'archevêque Darboy, et lui exposa les motifs de sa visite. L'archevêque proposa, pour remplir la mission d'échange près de M. Thiers, l'abbé Deguerry, curé de la Madeleine.

Sur certaines objections faites au citoyen Flotte par le citoyen Raoul Rigault, ce ne fut pas l'abbé Deguerry, mais le grand-vicaire de l'archevêque, Lagarde, qui fut choisi pour partir à Versailles.

Ordre fut donné par le citoyen Rigault de laisser communiquer Lagarde et Darboy *en présence* de Flotte. Mais Flotte, qui sait par une longue expérience ce qu'est le séjour des prisons, se retira mû par un sentiment de délicatesse bien facile à comprendre, et laissa seuls Lagarde et l'archevêque.

Le 12 au matin, Flotte revint trouver Lagarde avec un permis de mise en liberté pour lui et un laissez-passer en règle pour que Lagarde pût librement aller à Versailles. Flotte fit jurer à Lagarde de revenir quand même, si la mission n'aboutissait à aucun résultat. Lagarde jura de revenir.

« Dussé-je être fusillé, je reviendrai ! » dit-il à Flotte. « Du reste, pouvez-vous penser que je puisse un seul instant avoir l'idée de laisser monseigneur seul ici ?

Flotte conduisit lui-même Lagarde à la gare. Avant que Lagarde prît place dans le train qui devait le conduire à Versailles, Flotte lui fit encore renouveler la parole donnée : « Ne partez pas, si

13

vous n'avez pas l'intention de revenir. » Lagarde
jura de nouveau.

Il partit, porteur de la lettre suivante, adressée
par l'archevêque Darboy à M. Thiers :

Prison de Mazas, 12 avril 1871.

Monsieur le président,

J'ai l'honneur de vous soumettre une communication que j'ai
reçue hier soir, et je vous prie d'y donner la suite que votre sagesse et votre humanité jugeront la plus convenable.

Un homme influent, très-lié avec M. Blanqui par certaines
idées politiques, et surtout par le sentiment d'une vieille et so-
lide amitié, s'occupe activement de faire qu'il soit mis en liberté. Dans cette vue, il a proposé de lui-même aux commissaires que cela concerne cet arrangement : Si M. Blanqui est
mis en liberté, l'archevêque de Paris sera rendu à la liberté
avec sa sœur, M. le président Bonjean, M. Deguerry, curé de la
Madeleine, et M. Lagarde, vicaire général de Paris, celui-là
même qui vous remettra la présente lettre. La proposition a été
agréée, et c'est en cet état qu'on me demande de l'appuyer près
de vous.

Quoique je sois en jeu dans cette affaire, j'ose la recomman-
der à votre haute bienveillance ; mes motifs vous paraîtront
plausibles, je l'espère.

Il n'y a déjà que trop de causes de dissentiment et d'aigreur
parmi nous ; puisqu'une occasion se présente de faire une tran-
saction qui, du reste, ne regarde que les personnes et non les
principes, ne serait-il pas sage d'y donner les mains et de contribuer ainsi à préparer l'apaisement des esprits ? L'opinion ne
comprendrait peut être pas un tel refus.

Dans les crises aigues comme celles que nous traversons,
des représailles, des exécutions par l'émeute, quand elles ne
toucheraient que deux ou trois personnes, ajoutent à la terreur
des uns, à la colère des autres, et aggravent encore la situation.
Permettez-moi de vous dire, sans autres détails, que cette question d'humanité mérite de fixer toute votre attention, dans l'état
présent des choses à Paris.

Oserais-je, monsieur le président, vous avouer ma dernière raison ? Touché du zèle que la personne dont je parle déployait avec une amitié si vraie en faveur de M. Blanqui, mon cœur d'homme et de prêtre n'a pas su résister à ses sollicitations émues, et j'ai pris l'engagement de vous demander l'élargissement de M Blanqui le plus promptement possible. C'est ce que je viens de faire.

Je serais heureux, monsieur le président, que ce que je sollicite de vous ne parût point impossible; j'aurais rendu service à plusieurs personnes, et même à mon pays tout entier.

G. DARBOY,
Archevêque de Paris.

Lagarde partit donc le 12 pour Versailles. Cinq jours se passent; on ne recevait aucune nouvelle de Lagarde. Le 17, Flotte reçoit une lettre de Versailles, datée du 15 avril.

A M. Thiers, chef du pouvoir exécutif.

Versailles, 15 avril 1871.

Monsieur,

J'ai écrit à Mgr l'archevêque, sous le couvert de M. le directeur de la prison de Mazas, une lettre qui lui sera parvenue, je l'espère, et qui vous aura sans doute été communiquée. Je tiens à vous écrire directement, comme vous m'y avez autorisé, pour vous faire connaître les nouveaux retards qui me sont imposés. J'ai vu quatre fois déjà le personnage à qui la lettre de Mgr l'archevêque était adressée, et je dois, pour me conformer à ses ordres, attendre encore deux jours la réponse définitive. Quelle sera-t-elle ? Je ne puis vous dire qu'une chose, c'est que je ne néglige rien pour qu'elle soit dans le sens de vos désirs et des nôtres. Dans ma première visite, j'espérais qu'il en serait ainsi et que je reviendrais sans beaucoup tarder avec cette bonne nouvelle.

On m'avait bien fait quelques difficultés; mais on m'avait témoigné des intentions favorables. Malheureusement la lettre, publiée dans l'*Affranchi*, et apportée ici après cette publication aussi bien qu'après la remise de la mienne, a modifié les impressions. Il y a eu conseils et ajournement pour notre affaire. Puisqu'on m'a formellement invité à différer mon départ de deux jours, c'est que tout n'est pas fini, et je vais me remettre en campagne. Puissé-je réussir encore une fois! Vous ne pouvez douter ni de mon désir ni de mon zèle. Permettez-moi d'ajouter qu'outre les intérêts si graves qui sont en jeu et qui me touchent de si près, je serais heureux de vous prouver autrement que par des paroles la reconnaissance que m'ont inspiré vos procédés et vos sentiments. Quoi qu'il arrive, et quel que soit le résultat de mon voyage, je garderai, croyez-le bien, le meilleur souvenir de notre rencontre.

Veuillez, à l'occasion, me rappeler au bon souvenir de l'ami qui vous accompagnait, et agréez, monsieur, la nouvelle assurance de mon estime et de mon dévouement.

E.-J. LAGARDE.

La lettre est du 15 avril. M. Thiers avait formellement invité Lagarde à différer son départ de *deux jours*. Le 18 seulement, Flotte, justement inquiet, alla trouver l'archevêque et lui exprima son mécontentement de la conduite du grand-vicaire. Lagarde ne revenait pas. Il y avait beaucoup à présumer qu'il eût l'intention formelle de rester à Versailles et de profiter de la confiance qu'on avait mise en lui pour violer sa parole, se souciant peu de ce qui pourrait arriver.

L'archevêque exprima son étonnement du retard de Lagarde : « Cela est impossible qu'il reste à Versailles, dit-il à Flotte, il reviendra, il me l'a juré à moi-même. »

Flotte exprima à l'archevêque son désir d'avoir un mot de sa main, afin de le porter lui-même à

Lagarde. M. Darboy remit alors à Flotte la lettre suivante :

L'archevêque de Paris à M. Lagarde, son grand vicaire.

M. Flotte, inquiet du retard que paraît éprouver le retour de M. Lagarde, et voulant dégager, vis-à-vis de la Commune, la parole qu'il avait donnée, part pour Versailles à l'effet de communiquer son appréhension au négociateur.

Je ne puis qu'engager M. le grand-vicaire à faire connaître au juste à M. Flotte l'état de la question, à s'entendre avec lui, soit pour prolonger son séjour encore de vingt-quatre heures, si c'est absolument nécessaire, soit pour rentrer immédiatement à Paris, si c'est jugé plus convenable.

G., archevêque de Paris.

M. Flotte n'alla pas lui-même à Versailles. Ses amis lui représentèrent le danger qu'il y courrait comme ami de Blanqui, et son compagnon de lutte et de prison.

On y envoya une personne sûre, qui partit le 19, et remit à Lagarde la lettre de l'archevêque.

Lagarde se contenta de faire remettre à Flotte le billet suivant, écrit à la hâte, au crayon, sur un chiffon de papier. (Ce billet est entre nos mains, comme toutes les autres pièces.)

M. Thiers me retient toujours ici, et je ne puis qu'attendre ses ordres, comme je l'ai plusieurs fois écrit à monseigneur. Aussitôt que j'aurai du nouveau, je m'empresserai d'écrire.

LAGARDE.

Donc, c'était bien dit. Lagarde refusait donc de rentrer à Paris. De parole donnée, il n'en était pas question pour lui.

Quant à Blanqui, à l'échange de prisonniers, c'était probablement la moindre des choses à laquelle avait songé Lagarde. Cet homme ne craignait pas non plus de laisser entre nos mains des amis à lui personnels, son archevêque, qui se trouvaient par sa trahison nos otages responsables. Il avait bien vu, par la conduite pleine de délicatesse et de dignité qu'avait tenue avec lui le citoyen Flotte, que les otages ne couraient guère avec nous qu'un seul danger : les reproches amers de ceux qu'on avait si indignement trompés.

Dès lors, tout était fini ; on ne pouvait plus songer à Lagarde.

Nous avons voulu raconter dans tous ses détails cet incident, afin que tous sachent le degré de confiance qu'il nous est permis d'accorder à nos ennemis; afin que tous reconnaissent qu'aujourd'hui, comme toujours, l'honneur, la délicatesse, le respect du serment est toujours du côté de la Révolution, rarement du côté de ceux qui la combattent, et ne craignent cependant pas, à certains instants, comme celui-ci, de se servir de sa bonne foi pour en abuser.

Il n'y avait donc plus rien à tenter. Aucun espoir possible de mise en liberté de Blanqui. Versailles, pas plus que nous, ne se méprenait sur la part immense de concours que Blanqui eût apportée à la Commune.   M. VUILLAUME.

P. S. Nous venons de recevoir la visite du citoyen Flotte, qui nous communique la note sui-

vante de M. Darboy, écrite le dimanche 23 avril,
et remise à M. Washburn, ministre des États-Unis,
qui s'est chargé de faire parvenir, et qui en effet
a fait parvenir le lendemain à M. Lagarde, la note
suivante, dont nous croyons reproduire exactement les termes :

> Au reçu de cette lettre, et en quelque état que se trouve la
> négociation dont il a été chargé, M. Lagarde voudra bien re-
> prendre immédiatement le chemin de Paris et rentrer à Mazas.
> On ne comprend guère que dix jours ne suffisent pas à un gouver-
> nement pour savoir s'il veut accepter ou non l'échange proposé.
> Ce retard nous compromet gravement, et peut avoir les plus fâ-
> cheux résultats.
> De Mazas, le 23 avril 71.
>
> G..., archevêque.

Dans le cours de cette affaire, dont nous avons
été à même de suivre tous les détails, M. Darboy
nous a toujours paru de bonne foi, et nous nous
croyons en mesure d'affirmer que seul, Lagarde a
manqué à sa parole.

Le dernier mot de M. Darboy vient confirmer
encore davantage notre impression. Notre impar-
tialité nous fait un devoir de dégager la responsabilité de ceux que nous croyons innocents de
cette violation de la foi jurée.   M. V.

109. — **Partie non officielle.** — *Information
militaire.* — Une personne digne de foi se trouvait à Nogent-sur-Marne le 25 courant.

Elle a vu, de ses yeux vu, les Prussiens livrer un
canon Krupp et quatre mitrailleuses aux troupes

de Versailles, qui les dirigèrent de Nogent vers Choisy-le-Roi.

Cette personne ne peut assurément garantir le point où l'on dirigeait ces engins, ainsi livrés par l'ennemi aux Versaillais ; mais le fait odieux de se servir des armes de l'ennemi contre la France n'en est pas moins authentique.

110. — Les marchands de vins habitant Levallois, Clichy et Saint-Ouen sont prévenus, par ordre supérieur, de fermer leurs établissements à partir de deux heures.

29 avril.

111. — Partie officielle. — La Commission exécutive,

Considérant que certaines administrations ont mis en usage le système des amendes ou des retenues sur les appointements et sur les salaires ;

Que ces amendes sont infligées souvent sous les plus futiles prétextes et constituent une perte réelle pour l'employé et l'ouvrier ;

Qu'en droit, rien n'autorise ces prélèvements arbitraires et vexatoires ;

Qu'en fait, les amendes déguisent une diminution de salaire et profitent aux intérêts de ceux qui les imposent ;

Qu'aucune justice régulière ne préside à ces sortes de punitions, aussi immorales au fond que dans la forme ;

Sur la proposition de la commission du travail, de l'industrie et de l'échange, arrête :

Art. 1er. Aucune administration privée ou publique ne pourra imposer des amendes ou des retenues aux employés, aux ouvriers, dont les appointements convenus d'avance doivent être intégralement soldés.

Art. 2. Toute infraction à cette disposition sera déférée aux tribunaux.

Art. 3. Toutes les amendes et retenues infligées depuis le 18 mars, sous prétexte de punitions, devront être restituées aux ayants droit dans un délai de quinze jours à partir de la promulgation du présent décret.

Paris, le 27 avril 1871.

La commission exécutive :

JULES ANDRIEU, CLUSERET, LÉO FRANCKEL, PASCHAL GROUSSET, JOURDE, PROTOT, VAILLANT, VIARD.

112. — Il faut en finir avec un abus coûteux pour la Commune. Certains officiers briguent, à l'envi, sabres et galons; puis, repoussés par leurs hommes, se retirent avec l'équipement et les armes qui ne leur appartiennent plus.

Les chefs de légion, et, après eux, les chefs de bataillon, sont chargés de faire rentrer au magasin central ce qui est le bien propre des légions et des bataillons.

Paris, le 28 avril 1871.

La commission de la guerre,

ARNOLD, AVRIAL, DELESCLUZE, RANVIER, G. TRIDON.

13.

113. — Partie non officielle. — *Assassinat de quatre prisonniers.*—Le 25 courant, quatre gardes nationaux du 185ᵉ bataillon de marche ont été surpris et entourés, à la Belle-Épine, près Villejuif, par deux cents chasseurs à cheval environ. Sommés de se rendre, ils ont déposé leurs armes. Les chasseurs à cheval ont fait les quatre gardes nationaux prisonniers, sans exercer contre eux aucune violence. Mais tout à coup est accouru un capitaine de chasseurs à cheval, le révolver au poing ; dès qu'il fut près des prisonniers, il fit feu sur l'un d'eux, un clairon, et l'étendit raide mort : d'un second coup, il frappa en pleine poitrine le citoyen Scheffer, garde national, qui tomba près de son camarade. Ce misérable se précipita ensuite sur les deux autres prisonniers, qu'il tua de deux autres coups de son revolver.

Lorsque les quatres victimes furent étendues à ses pieds, ce féroce capitaine s'en fut avec ses soldats terrifiés, abandonnant les cadavres des prisonniers lâchement assassinés.

Après le départ de la troupe, l'une des victimes, le citoyen Scheffer, se releva avec beaucoup de peine, et parvint à se traîner à quelque distance de son bataillon, qui l'aperçut, le rejoignit et lui donna les premiers soins.

Ce malheureux fut transporté d'abord à l'hospice de Bicêtre, et de là à l'ambulance du XIIIᵉ arrondissement. Une balle reçue en pleine poitrine a pénétré jusque dans les intestins ; néanmoins, le docteur espère le sauver. Il est père de famille ;

et sa femme vient d'accoucher d'un second enfant.

L'un de ses compagnons d'infortune a pu se traîner à quelque distance du lieu du crime, où il a expiré, et où son cadavre a été relevé; quant aux deux autres, il n'a pas été possible de les retrouver.

Ce quadruple assassinat a été froidement accompli par le capitaine assassin, dont il a été impossible de découvrir le nom.

Les citoyens qui pourraient fournir des renseignements sur ce criminel sont priés de les transmettre à la Commune, afin qu'elle provoque le juste châtiment de ce misérable par tous les moyens qui seront en son pouvoir. Dès à présent, elle le dénonce à la justice du peuple et de l'armée.

Les membres de la commission d'enquête,
Vésinier, C. Langevin, Gambon.

30 *avril.*

114. — Partie officielle. — Le délégué de la Commune à l'enseignement arrête :

Le citoyen Élie Reclus est nommé directeur de la Bibliothèque nationale.

Paris, 29 avril 1871.

E. Vaillant.

115. — Partie non officielle. — Le chef du 1ᵉʳ bureau du cabinet du préfet de police (affaires politiques) prévient ses concitoyens qu'il ne tiendra aucun compte des dénonciations anonymes.

L'homme qui n'ose signer une dénonciation sert évidemment une rancune personnelle, et non l'intérêt public.

Paris, le 28 avril 1871.

Le chef du 1ᶜʳ bureau du cabinet,
WIRTELY.

1ᵉʳ *mai.*

116. — Partie officielle. — La commission exécutive arrête :

Le citoyen Rossel est chargé, à titre provisoire, des fonctions de délégué à la guerre.

Paris, le 30 avril 1871.

La commission exécutive :
JULES ANDRIEU, PASCHAL GROUSSET, ED. VAILLANT, F. COURNET, JOURDE.

117. — Le citoyen Cluseret est révoqué de ses fonctions de délégué à la guerre. Son arrestation, ordonnée par la commission exécutive, est approuvée par la Commune.

118. — Partie non officielle. — *Ordre.* — Le citoyen Gaillard père est chargé de la construction des barricades formant une seconde enceinte en arrière des fortifications. Il désignera ou fera désigner par les municipalités, dans chacun des arrondissements de l'extérieur, les ingénieurs ou délégués chargés de travailler sous ses ordres à ces constructions.

Il prendra les ordres du délégué à la guerre pour arrêter les emplacements de ces barricades et leur armement.

Outre la seconde enceinte indiquée ci-dessus, les barricades comprendront trois enceintes fermées ou citadelles, situées au Trocadéro, aux buttes Montmartre et au Panthéon.

Le tracé de ces citadelles sera arrêté sur le terrain par le délégué à la guerre, aussitôt que les ingénieurs chargés de ces constructions auront été désignés.

2 mai.

119. — Partie officielle. — La Commune, — Décrète :

Art. 1er. Un Comité de salut public sera immédiatement organisé.

Art. 2. Il sera composé de cinq membres, nommés par la Commune, au scrutin individuel.

Art. 3. Les pouvoirs les plus étendus sur toutes les délégations et commissions sont donnés à ce Comité, qui ne sera responsable qu'à la Commune.

120. — La Commune, — Décrète :

Les membres de la Commune ne pourront être traduits devant aucune autre juridiction que la sienne (celle de la Commune).

121. — Ont été nommés membres du Comité de salut public les citoyens : Antoine Arnaud, Léo Melliet, Ranvier, Félix Pyat et Charles Gérardin.

122. — **Partie non officielle.** — Les compagnies des chemins de fer de l'Est, d'Orléans et de Lyon ont versé ce matin au trésor de la Commune les sommes ci-après, imputables à l'arriéré de leurs impôts :

La compagnie de l'Est. . . 354,000 fr.
    —   d'Orléans. . 376,000
    —   de Lyon. . . 692,000

3 mai.

123. — **Partie officielle.** — *Ordres.* — Il est formellement interdit à tout commandant militaire, officier ou autre fonctionnaire au service de la Commune d'avoir aucune communication avec l'ennemi.

Le délégué à la guerre rappelle à ce sujet les prescriptions du règlement sur le service en campagne; il les fera exécuter dans toute leur teneur :

« Les trompettes et les parlementaires de l'ennemi ne dépassent jamais les premières sentinelles; ils sont tournés du côté opposé au poste ou à l'armée. On leur bande les yeux, s'il en est besoin. Un sous-officier reste avec eux pour exiger que ces dispositions soient observées.

« Le commandant de la grand'garde donne reçu

des dépêches et les expédie sur-le-champ au général. Il congédie sur-le-champ le parlementaire. »

L'envoi de parlementaires sert parfois à couvrir une ruse de guerre. On ne doit donc pas interrompre le feu pour le recevoir, quand même l'ennemi aurait interrompu le sien.

124. — Tout officier ou employé à la guerre qui publiera un rapport sur les opérations militaires ou un document officiel de nature à renseigner le public sur les ressources militaires de la Commune et leurs modes d'emploi, sera révoqué par ce seul fait et puni disciplinairement d'un mois de prison. Les officiers supérieurs et généraux sont chargés de veiller à l'exécution du présent ordre.

Paris, le 2 mai 1871.

Le délégué à la guerre, Rossel.

4 mai.

125. — **Partie officielle.** — La Commune, —
Décrète :

Un registre sera ouvert dans les mairies de chaque arrondissement.

Ce registre aura pour but l'inscription des noms de tous les citoyens qui se seront distingués en combattant pour la défense de la République et des libertés communales.

La Commune de Paris.

126. — *Avis.* — Plusieurs escadrons de la cavalerie de la garde nationale seront habillés avec des uniformes de hussards, afin d'accélérer l'organisation.

127. — Le citoyen Sicard est adjoint aux citoyens Assi et J.-B. Clément, membres de la commission d'enquête sur la fabrication des munitions de guerre.

128. — **Partie non officielle.** — *Ministère de la guerre.* — Un abus odieux, qui est un vol à la nation, a lieu trop souvent dans la cité.

Des hommes indignes du nom de gardes nationaux revendent, à des complices plus coupables encore, les équipements et les habits qui sont la propriété du peuple.

Nous avertissons ces effrontés trafiquants que leurs marchés sont nuls et non avenus, et que ceux qui s'y livrent s'exposent non-seulement à voir saisir les objets illégalement achetés, mais à être poursuivis selon toute la rigueur des lois.

Les municipalités, les chefs de légion et de bataillon sont chargés de l'exécution du présent arrêté.

Paris, le 3 mai 1871.

La commission de la guerre.
ARNOLD, AVRIAL, BERGERET, RANVIER,
G. TRIDON.

129. — Paris a reçu hier les meilleures nou-

velles des départements. Les élections munici-
pales du 30 avril ont été de toutes parts l'occasion
de manifestations chaleureuses en faveur de la
République.

Dans la plupart des villes, la liste la plus radi-
cale a triomphé. Dans la plupart des villes, la population a montré par son vote que les calomnies
du gouvernement de Versailles ne peuvent parvenir à l'aveugler sur la portée et le caractère de la
Révolution du 18 mars.

Le mouvement s'accentue surtout dans les cen-
tres industriels et commerciaux.

Les villes de Lyon et de Thiers se sont levées en
armes pour faire leur Commune.

Au Havre, les élections se sont faites au cri de :
A bas Thiers! vive Paris!

A Dijon, le peuple a chassé la commission municipale et occupé l'hôtel de ville.

A Dunkerque, les ouvriers du port ont voté au
cri de : *Vive la Commune!*

A Liamont, le peuple a arraché les placards électoraux des Versaillais au cri de : *Vive la Commune!*

Dans le Nord tout entier, l'agitation communale croît tous les jours.

Enfin, un symptôme caractéristique est celui-ci :
dans les villes même en apparence les plus calmes
et les plus indifférentes, le gouvernement de Versailles est tombé dans un discrédit profond, et les
affiches dont il couvre les murs pour annoncer ses

prétendues victoires sur les fédérés ne trouvent
même plus de lecteurs.

Ces faits, importants en eux-mêmes, importants surtout par leur généralité, montrent assez
que les départements, hésitant d'abord sur la
nature de la Révolution du 18 mars, l'apprécient
désormais à sa valeur et ne vont pas tarder à lui
apporter un concours sans réserve.

Les villes de France ont compris enfin que
Paris ne veut plus les opprimer ni leur imposer sa
volonté ; qu'il leur offre seulement son exemple à
suivre en les invitant à se proclamer libres et à se
fédérer avec lui.

Elles ont compris aussi qu'entre Paris et Versailles les consciences républicaines ne sauraient
hésiter : Paris est et restera le boulevard de la
République universelle ; Versailles n'est et ne peut
être que le quartier général de la coalition monarchique.

5 mai.

130. — Partie officielle. — Sur la proposition
du citoyen Protot, délégué à la justice,

La Commune de Paris, — Décrète :

Article unique. Le serment politique et le serment professionnel sont abolis.

Paris, 4 mai 1871. *La Commune de Paris.*

131. — Par décision en date du 1er mai, et sur
la proposition du citoyen Raoul Rigault, procu-

reur de la Commune, le Comité de salut public a
nommé les citoyens : Ferré (Théophile), Dacosta
(Gaston), Martainville, Huguenot, substituts du
procureur de la Commune.

6 mai.

132. — Partie officielle. — Le Comité de salut
public,

Considérant que l'immeuble connu sous le nom
de chapelle expiatoire de Louis XVI est une insulte permanente à la première Révolution et une
protestation perpétuelle de la réaction contre la
justice du peuple, — Arrête :

Art. 1er. La chapelle dite expiatoire de Louis XVI
sera détruite.

Art. 2. Les matériaux en seront vendus aux enchères publiques, au profit de l'administration des
domaines.

Art. 3. Le directeur des domaines fera procéder, dans les huit jours, à l'exécution du présent
arrêté.

Paris, le 16 floréal an 79.

Le Comité de salut public.

Ant. ARNAUD, Ch. GÉRARDIN, Léo MELLIET,
Félix PYAT, RANVIER.

133. — Le membre de la Commune délégué à
la sûreté générale,

Considérant que, pendant la durée de la guerre,
et aussi longtemps que la Commune de Paris aura

à combattre les bandes de Versailles qui l'assiégent et répandent le sang des citoyens, il n'est pas possible de tolérer les manœuvres coupables des auxiliaires de l'ennemi ;

Considérant qu'au nombre de ces manœuvres on doit placer en première ligne les attaques calomnieuses dirigées par certains journaux contre la population de Paris et la Commune, et, bien que l'une et l'autre soient au-dessus de pareilles attaques, celles-ci n'en sont pas moins une insulte permanente au courage, au dévouement et au patriotisme de nos concitoyens ;

Qu'il serait contraire à la moralité publique de laisser continuellement déverser par ses journaux la diffamation et l'outrage sur les défenseurs de nos droits, qui versent leur sang pour sauvegarder les libertés de la Commune et de la France ;

Considérant que le gouvernement de fait qui siége à Versailles interdit dans toutes les parties de la France, qu'il trompe, la publication et la distribution des journaux qui défendent les principes de la révolution représentés par la Commune ;

Considérant que les journaux le *Petit Moniteur*, le *Petit National*, le *Bon Sens*, la *Petite Presse*, le *Petit Journal*, la *France*, le *Temps* excitent dans chacun de leurs numéros à la guerre civile, et qu'ils sont les auxiliaires les plus actifs des ennemis de Paris et de la République, — Arrête :

Art. 1ᵉʳ. Les journaux le *Petit Moniteur*, le *Pe-*

tit National, le *Bon Sens*, la *Petite Presse*, le *Petit Journal*, la *France*, le *Temps* sont supprimés.

Art. 2. Notification du présent arrêté sera faite à chacun des susdits journaux et à leurs imprimeurs, responsables de toutes publications ultérieures, par les soins du citoyen Le Moussu, commissaire aux délégations, chargé de l'exécution du présent arrêté.

Paris, le 5 mai 1871.

Le membre de la Commune délégué à la sûreté
générale, F. COURNET.

134. — Partie non officielle. — *Aux habitants des communes rurales exposées au feu de l'artillerie de la Commune.* — Citoyens, — J'ai reçu, depuis que je suis à la délégation de la guerre, plusieurs lettres m'informant que des obus avaient frappé des personnes inoffensives dans vos villages.

En attendant que la guerre prenne un terme, je ferai toujours mon possible pour empêcher toute souffrance inutile. Mais pour que je puisse arrêter le feu des batteries dirigé sur tel ou tel point par les commandants particuliers, il faudrait, que je pusse être informé en temps utile et d'une manière certaine que l'ennemi n'occupe pas les points indiqués. Il faudrait en revanche, que je reçusse les informations contraires lorsqu'il les occupe.

Les communes ou hameaux qui pourront m'offrir de semblables garanties seraient assurés contre ces regrettables et inutiles cruautés.

Vous voyez que ce que je demande ce n'est pas la simple neutralité, mais une sorte d'alliance.

Salut et fraternité.

Le délégué à la guerre, ROSSEL.

7 mai.

135. — **Partie officielle.** — La Commune, — Décrète :

Art. 1er. Toute reconnaissance du mont-de-piété antérieure au 25 avril 1871, portant engagement d'effets d'habillement, de meubles, de linge, de livres, d'objets de litterie et d'instruments de travail, ne mentionnant pas un prêt supérieur à la somme de 20 francs, pourra être dégagée gratuitement à partir du 12 mai courant.

Art. 2. Les objets ci-dessus désignés ne pourront être délivrés qu'au porteur qui justifiera, en établissant son identité, qu'il est l'emprunteur primitif.

Art. 3. Le délégué aux finances sera chargé de s'entendre avec l'administration du mont-de-piété, tant pour ce qui concerne le règlement de l'indemnité à allouer, que pour l'exécution du présent décret.

136. — Le membre de la Commune délégué à la justice arrête :

Le citoyen Fontaine (Joseph) est nommé séquestre de tous les biens, meubles et immeubles, appartenant aux corporations ou communautés

religieuses situés sur le territoire de la Commune
de Paris.

Fait à Paris, le 7 mai 1871.

Le membre de la Commune délégué à la justice,
Eugène PROTOT.

137. — A chaque instant, des réquisitions sont
faites chez des fournisseurs d'habillement et d'é-
quipement militaire par ordre de chefs de bataillon, de légion ou autres.

Il en résulte de graves inconvénients, contre lesquels l'intendance a déjà pris plusieurs arrêtés,
qu'elle se voit obligée de rappeler aux citoyens
qui se laissent ainsi aller à des excès de zèle ou
obéissent à des ordres irréguliers.

Toutes mesures sont prises pour satisfaire
promptement et dans les conditions les plus économiques aux besoins de la garde nationale.

En conséquence,

Le délégué à l'intendance, membre de la Commune, — Arrête :

Article unique. Toutes réquisitions d'effets d'habillement et d'équipement appartenant aux fournisseurs sont absolument interdites.

Le délégué à l'intendance, membre de la Commune,
E. VARLIN.

138. — **Partie non officielle.** — *Ministère de la
guerre.* — *Direction générale du matériel d'artillerie,* —De graves abus, trop souvent répétés, se sont
produits dans l'armement des officiers de la garde

nationale. C'est ainsi qu'il a été distribué 50,000 ré-
volvers sans que des états réguliers aient été four-
nis. Pareil état de choses ne peut se prolonger
plus longtemps. A l'avenir, il ne sera plus délivré
d'armes que sur état nominatif fait en double
expédition, dont l'une restera au bureau de la
légion.

Je rappelle aux chefs de légion que les de-
mandes d'armes doivent être adressées aux chefs
de compagnie, de bataillon ou de légion, qui les
transmettront chaque jour au bureau de l'armement, rue Saint-Dominique, 86.

Le directeur général du matériel d'artillerie,
AVRIAL.

8 *mai.*

139. — Partie non officielle. — *Manifeste du
Comité central de l'union des femmes pour la défense
de Paris et les soins aux blessés.* — Au nom de la
révolution sociale que nous acclamons, au nom
de la revendication des droits du travail, de l'é-
galité et de la justice, l'Union des femmes pour la
défense de Paris et les soins aux blessés proteste
de toutes ses forces contre l'indigne proclamation
aux citoyennes parue et affichée avant-hier, et
émanant d'un groupe anonyme de réactionnaires.

Ladite proclamation porte que les femmes de
Paris en appellent à la générosité de Versailles et
demandent la paix à tout prix...

La générosité de lâches assassins !

Une conciliation entre la liberté et le despotisme, entre le peuple et ses bourreaux !

Non, ce n'est pas la paix, mais bien la guerre à outrance que les travailleuses de Paris viennent réclamer !

Aujourd'hui, une conciliation serait une trahison !... Ce serait renier toutes les aspirations ouvrières, acclamant la rénovation sociale absolue, l'anéantissement de tous les rapports juridiques et sociaux existant actuellement, la suppression de tous les priviléges, de toutes exploitations, la substitution du régne du travail à celui du capital en un mot, l'affranchissement du travailleur par lui-même !

Six mois de souffrance et de trahison pendant le siége, six semaines de luttes gigantesque contre les exploiteurs coalisés, les flots de sang versés pour la cause de la liberté sont nos titres de gloire et de vengeance !

La lutte actuelle ne peut avoir pour issue que le triomphe de la cause populaire.. Paris ne reculera pas, car il porte le drapeau de l'avenir. L'heure suprême a sonné... Place aux travailleurs, arrière leurs bourreaux...

Des actes, de l'énergie !...

L'arbre de la liberté croît arrosé par le sang de ses ennemis !...

Toutes unies et résolues, grandies et éclairées par les souffrances que les crises sociales entraînent souvent à leur suite, profondément convain-

14

cues que la Commune, représentante des principes internationaux et révolutionnaires des peuples,
porte en elle les germes de la révolution sociale,
les femmes de Paris prouveront à la France et au
monde qu'elles aussi sauront, au moment du danger suprême, — aux barricades, sur les remparts
de Paris, si la réaction forçait les portes, — donner comme leurs frères leur sang et leur vie pour
la défense et le triomphe de la Commune, c'est-
à-dire du peuple !

Alors, victorieux, à même de s'unir et de s'entendre sur leurs intérêts communs, travailleurs et
travailleuses, tous solidaires, par un dernier
effort, anéantiront à jamais tout vestige d'exploitation et d'exploiteurs?

Vive la République sociale et universelle !...

Vive le travail !...

Vive la Commune !...

Paris, 6 mai 1871.

La Commission exécutive du Comité central,

LE MEL, JACQUIER, LEFÈVRE, LELOUP, DMITRIEFF.

9 mai.

140. — **Partie officielle.** — La Commune de
Paris.

Vu la loi des 16-24 août 1790;

Vu l'arrêté en date du 21 septembre 1870, qui
a rétabli la taxe du pain à Paris, — Arrête :

Art. 1er. Le prix du kilogramme de pain, à Paris,
est maintenu à 50 cent. le kilogramme.

Art. 2. Les quantités de pain à livrer au détail, pour des prix déterminés de 10, 15 et 20 cent., sont réglées ainsi qu'il suit, savoir :

Pour 10 cent., 190 grammes.

Pour 15 cent., 290 grammes.

Pour 20 cent., 390 grammes.

Art. 3. Le présent arrêté sera imprimé, publié et affiché partout où besoin sera.

Paris, le 8 mai 1871.   *La Commune de Paris.*

141. — La commission de la guerre, — Arrête :

Les officiers ne recevront plus désormais que l'habillement des gardes, plus un képi et les galons de leur grade.

Le galon d'argent est uniquement attribué aux officiers de la garde nationale et de légion.

Le galon d'or est exclusivement réservé à l'état-major des généraux et du ministère de la guerre.

Les membres de la commission de la guerre,

Arnold, Avrial, Delescluze, Tridon, Varlin.

142. — Sur la proposition du délégué à la guerre,

Le Comité de salut public arrête :

Tous les chevaux de selle qui se trouvent dans Paris et dans l'intérieur des lignes de la Commune sont requis pour le service de la cavalerie.

Ils seront réunis par quartier dans des dépôts de remonte, où ils seront pansés et nourris par les soins des municipalités. Les dépenses faites par les municipalités pour cet objet seront remboursées chaque semaine par l'administration de la guerre.

Le général Dombrowski est chargé d'opérer les réquisitions à l'extérieur, sur la rive droite; le général Wroblewski, sur la rive gauche.

Ils emploieront immédiatement les chevaux requis à la remonte de la cavalerie.

Les chevaux requis dans l'intérieur seront extraits des dépôts de quartier sur l'ordre du délégué à la guerre, au fur et à mesure de la formation des escadrons.

Les chevaux seront examinés et évalués au moment de la réquisition, afin de sauvegarder les droits des propriétaires.

Paris, le 19 floréal an 79.

Le Comité de salut public,

Ant. ARNAUD, Ch. GÉRARDIN, Léo MEILLET,
RANVIER.

143. — Partie non officielle. — L'un des principaux établissements de Paris, l'hôtel des Monnaies, dont l'utilité est plus que jamais reconnue indispensable, par suite du pillage des caisses du trésor central par le gouvernement de Versailles, avait été déserté par les fonctionnaires et les employés de toute classe, qui ont tenu à prouver leur attachement aux hommes de la réaction monarchique. L'intelligence, le zèle et l'activité du nouveau directeur de cette administration, le citoyen Camélinat, ont été à la hauteur des circons-

tances, et les divers services ont recommencé à
fonctionner avec un personnel nouveau. L'imprimerie des timbres-poste suffit déjà aux exigen-
ces du commerce ; la fabrication des espèces reprend son cours sous l'habile direction du citoyen
Murat, et le bureau du change des matières, qui
était resté fermé par la désertion des anciens
fonctionnaires, est, à partir d'aujourd'hui ouvert
au public.

10 mai.

144. Conformément à la décision de la Commune, il a été procédé au renouvellement du Comité de salut public. Ont été nommés, les citoyens
Ranvier, Antoine Arnaud, Gambon, Eudes, Delescluze.

145. — **Partie non officielle.** — *Ordre.* — Il
est défendu d'interrompre le feu pendant un combat, quand même l'ennemi lèverait la crosse en
l'air ou arborerait le drapeau parlementaire.

Il est défendu, sous peine de mort, de conti
nuer le feu après que l'ordre de le cesser a été
donné, ou de continuer à se porter en avant lorsqu'il a été prescrit de s'arrêter. Les fuyards et
ceux qui resteront en arrière isolément seront sa-
brés par la cavalerie ; s'ils sont nombreux, ils seront canonnés. Les chefs militaires ont, pendant
le combat, tout pouvoir pour faire marcher et

14.

faire obéir les officiers et soldats placés sous leurs ordres.

Paris, le 9 mai 1871.

Le délégué à la guerre, ROSSEL.

146. — *Aux artistes dramatiques*. — La fédération des artistes a nommé à l'élection quarante-sept membres formant la commission fédérale des artistes (peintres, sculpteurs et graveurs en médailles, architectes, graveurs-lithographes et artistes industriels), dont le siége est rue de Rivoli, ex-ministère des beaux-arts.

Cette commission invite les artistes dramatiques et lyriques, réunis en bataillon au théâtre du Châtelet, à joindre à leur titre de *Fédération artistique* le sous-titre *lyrique et dramatique*, pour faire cesser une confusion regrettable.

11 mai.

147. — **Partie officielle.** — Le Comité de salut public,

Vu l'affiche du sieur Thiers, se disant chef du pouvoir de la République Française;

Considérant que cette affiche, imprimée à Versailles, a été apposée sur les murs de Paris par les ordres du sieur Thiers;

Que, dans ce document, il déclare que son armée ne bombarde pas Paris, tandis que chaque jour des femmes et des enfants sont victimes des projectiles fratricides de Versailles.

Qu'il y est fait un appel à la trahison pour pénétrer dans la place, sentant l'impossibilité absolue de vaincre par les armes l'héroïque population de Paris, — Arrête :

Art. 1er. Les biens meubles et les propriétés de Thiers seront saisis par les soins de l'administration des domaines.

Art. 2. La maison de Thiers, située place Georges, sera rasée.

Art. 3. Les citoyens Fontaine, délégué aux domaines, et J. Andrieu, délégué aux services publics, seront chargés, chacun en ce qui le concerne, de l'exécution IMMÉDIATE du présent arrêté.

Paris, 21 floréal an 79.

Les membres du Comité de salut public,

Ant. ARNAUD, EUDES, F. GAMBON, G. RANVIER.

148. — Dans la séance de ce jour, la Commune a décidé :

1° Le renvoi devant la cour martiale du citoyen Rossel, délégué à la guerre ;

2° La nomination du citoyen Delescluze aux fonctions de délégué à la guere.

La Commune de Paris.

149. — **Partie non officielle.** — *A la garde nationale.* — Citoyens, — La Commune m'a délégué au ministère de la guerre ; elle a pensé que son représentant dans l'administration militaire devait appartenir à l'élément civil. Si je ne con-

sultais que més forces, j'aurais décliné cette fonction périlleuse; mais j'ai compté sur votre patriotisme pour m'en rendre l'accomplissement plus facile.

La situation est grave, vous le savez; l'horrible guerre que vous font les féodaux conjurés avec les débris des régimes monarchiques vous a déjà coûté bien du sang généreux, et cependant, tout en déplorant ces pertes douloureuses, quand j'envisage le sublime avenir qui s'ouvrira pour nos enfants, et lors même qu'il ne nous serait pas donné de récolter ce que nous avons semé, je saluerais encore avec enthousiasme la Révolution du 18 mars, qui a ouvert à la France et à l'Europe des perspectives que nul de nous n'osait espérer il y a trois mois. Donc, à vos rangs citoyens, et tenez ferme devant l'ennemi.

Nos remparts sont solides comme vos bras, comme vos cœurs; vous n'ignorez pas d'ailleurs que vous combattez pour votre liberté et pour l'égalité sociale, cette promesse qui vous a si longtemps échappé; que si vos poitrines sont exposées aux balles et aux obus des Versaillais, le prix qui vous est assuré, c'est l'affranchissement de la France et du monde, la sécurité de votre foyer et la vie de vos femmes et de vos enfants.

Vous vaincrez donc. Le monde qui vous contemple et applaudit à vos magnanimes efforts s'apprête à célébrer votre triomphe, qui sera le salut pour tous les peuples.

Vive la République universelle !
Vive la Commune !
Paris, le 10 mai 1871.

Le délégué à la guerre, Delescluze.

12 mai.

150. — Partie officielle. — Le membre de la
Commune délégué à la sûreté générale, arrête :

Art. 1er. Le *Moniteur universel*, l'*Observateur*,
l'*Universel*, le *Spectateur*, l'*Étoile* et l'*Anonyme* sont
supprimés.

Art. 2. Notification du présent arrêté sera faite
à chacun des susdits journaux et à leurs imprimeurs, responsables de toutes publications ultérieures, par les soins du citoyen Le Moussu, commissaire aux délégations, chargé de l'exécution du
présent arrêté.

Paris. le 11 mai 1871.

Le membre de la Commune délégué
à la sûreté générale,

F. Cournet.

151. — *Délégation à l'enseignement.* **—** Bientôt
l'enseignement religieux aura disparu des écoles
de Paris.

Cependant dans beaucoup d'écoles reste, sous
forme de crucifix, madones et autres symboles, le
souvenir de l'enseignement.

Les instituteurs et les institutrices devront faire

disparaître ces objets, dont la présence offense la
liberté de conscience.

Les objets de cet ordre qui seront en métal seront inventoriés et envoyés à la Monnaie.

152. — **Partie non officielle.** — *Aux citoyens
de la Commune de Paris.* — Citoyens, dès notre arrivée au ministère, nous nous sommes rendu
compte des diverses positions de défense et d'attaque ; nous nous sommes assuré que la garde des
remparts était suffisamment établie et qu'une
bonne réserve pouvait, en cas de besoin, défier
toute surprise.

La position d'Issy n'a guère varié. Celle du fort
de Vanves a été un peu compromise ; à un certain moment même, il était évacué.

A quatre heures du matin, le général Wro-
bleski, accompagné du chef et de quelques officiers de son état major, s'est mis à la tête des
187e et 105e bataillons, conduits par le brave chef
de la XIe légion.

Ils sont entrés dans le fort à la baïonnette et en
ont délogé les Versaillais, qui s'en croyaient déjà
maîtres. Des renforts ont été dirigés sur ce point,
et, sans nul doute, nous pouvons répondre du
succès.

Du côté de Neuilly, il n'y a rien eu ; et le côté
d'Asnières a été relativement tranquille.

Paris, le 11 mai 1871.

Le délégué civil à la guerre,
DELESCLUZE.

13 *mai,*

153. — **Partie officielle.** — La Commune de
Paris décrète :

Art. 1er. Il sera procédé par les soins du délégué à la justice à l'organisation d'une chambre
du tribunal civil de la Commune de Paris. Cette
chambre statuera sur les affaires urgentes.

Art. 2. La procédure dite *ordinaire* est abolie.
Toutes les affaires seront instruites comme en
matière sommaire. A défaut d'avoués, les huissiers occuperont pour les parties.

Art. 3. Les parties pourront se défendre elles-
mêmes.

154. — La Commune de Paris décrète :

Article unique. En matière de séparation de
corps, le président pourra allouer à la femme demandant la séparation une pension alimentaire,
qui lui sera servie jusqu'à ce qu'il en ait été autrement décidé par le tribunal.

155. — Le citoyen Vésinier est nommé délégué
au *Journal officiel* pour les fonctions de rédacteur
en chef.

Le Comité de salut public.

156. — **Partie non officielle.** — Vu les avertis-
sements qui ont paru au *Journal officiel.*

Sont considérés comme démissionnaires, pour

cause d'absence, les fonctionnaires et employés
de la Bibliothèque Mazarine dont les noms suivent :

De Sacy, Philarète Chasles, Jules Sandeau, Moreau, Daremberg, Cocheris, L. Larcher.

*Le membre de la Commune délégué à
l'enseignement,*
ÉDOUARD VAILLANT.

157.—Sont considérés comme démissionnaires
de leurs fonctions et emplois à la Bibliothèque
nationale.

MM. Barbier (Olivier), Barringer, Baudement,
Boudin, Cohen, Crosbie, Dauban, Duplessis, Go-
din, Guérin, Koloff, Laberge, Lavoix père, Lefèvre,
Mabille (Paul), Mabille (Emile), Michelaut, Mo-
rheuil, Pauly, Raffet, Rathery, Ravenel, Ruffin,
Schmith Schwab, Spet, Spol, Wescher.

158. — Le citoyen Anys-el-Bittar est chargé de
travaux spéciaux à la section des manuscrits (lan-
gues arabe et syriaque).

*Le membre de la Commune délégué à
l'enseignement,*
ED. VAILLANT.

159. — Sous l'empire, les bibliothèques publi-
ues avaient été mises au pillage, comme tout le
reste. Les privilégiés se taillaient leur bibliothèque
dans les bibliothèques nationales, en empruntant
des livres qu'ils rendaient rarement, et en privant

ainsi les travailleurs des ouvrages les plus nécessaires et les plus précieux.

En conséquence, le prêt des livres est absolument supprimé dans toutes les bibliothèques. Tous
ceux qui ont emprunté et gardé des livres chez
eux sont tenus de les rendre, sous huit jours, aux
diverses bibliothèques.

L'inspecteur des bibliothèques communales,
Benjamin Gastineau.

14 mai.

160. — Partie officielle. — Ordre au délégué
à l'*Officiel* de le faire vendre demain, 21 floréal,
à cinq centimes le numéro, en conformité du décret de la Commune.

Le Comité de salut public.

161. — Le Comité de salut public arrête :

Le citoyen Ferré est délégué à la sûreté générale, en remplacement du citoyen Cournet.

Les citoyens Martin et Émile Clément sont
nommés membres du comité de sûreté générale,
en remplacement des citoyens Th. Ferré et Vermorel.

162. — Partie non officielle. — Le citoyen
J. Fontaine, directeur des domaines, met à la disposition des ambulances tout le linge trouvé au
domicile de Thiers.

15

Le linge du bombardeur doit servir à panser les blessures de ses victimes.

15 mai.

163. — Partie officielle. — Le Comité de salut public,

Considérant que, ne pouvant vaincre par la force la population de Paris, assiégée depuis plus de quarante jours pour avoir revendiqué ses franchises communales, le gouvernement de Versailles cherche à introduire parmi elle des agents secrets dont la mission est de faire appel à la trahison, — Arrête :

Art. 1er. Tout citoyen devra être muni d'une carte d'identité contenant ses nom, prénoms, profession, âge et domicile, ses numéros de légion, de bataillon et de compagnie, ainsi que son signalement.

Art. 2. Tout citoyen trouvé non porteur de sa carte sera arrêté et son arrestation maintenue jusqu'à ce qu'il ait établi régulièrement son identité.

Art. 3. Cette carte sera délivrée par les soins des commissaires de police sur pièces justificatives, en présence de deux témoins qui attesteront par leur signature bien connaître le demandeur. Elle sera ensuite visée par la municipalité compétente.

Art. 4. Toute fraude reconnue sera rigoureusement réprimée.

Art. 5. L'exhibition de la carte d'identité pourra être requise par tout garde national.

Art. 6. Le délégué à la sûreté générale ainsi que les municipalités sont chargés de l'exécution du présent arrêté dans le plus bref délai.

Hôtel de Ville, le 24 floréal an 79,

Le Comité de salut public,

Ant. ARNAUD, BILLIORAY, E. EUDES, F. GAMBON, G. RANVIER.

16 mai.

164. — Partie officielle. — Le Comité de salut public arrête :

Art. 1er. La commission militaire sera composée de sept membres au lieu de cinq.

Art. 2. Les citoyens Bergeret, Cournet, Géresme, Ledroit, Lonclas, Sicard et Urbain sont nommés membres de la commission militaire, en remplacement des citoyens Arnold, Avrial, Johannard, Tridon et Varlin.

Hôtel de Ville, le 25 floréal an 79.

Ant. ARNAUD, BILLIORAY, E. EUDES, F. GAMBON, G. RANVIER.

165. — Dans plusieurs arrondissements, les congréganistes refusent d'obéir aux ordres de la Commune, et entravent l'établissement de l'enseignement laïque.

Partout où de semblables résistances se produisent, elles doivent être immédiatement brisées et les récalcitrants arrêtés.

Les municipalités d'arrondissement et le délégué à la sûreté générale sont priés d'agir rapidement et énergiquement en ce sens et de s'entendre à cet effet avec la délégation à l'enseignement.

Paris, le 14 mai 1871.

> *Le membre de la Commune*
> *délégué à l'enseignement,*
> Édouard VAILLANT.

Approuvé par le Comité
de salut public,
E. EUDES, GAMBON.

166. — Les conservateurs et conservateurs-adjoints du musée du Louvre nommés par l'ancienne administration, et dont les noms suivent, sont relevés de leurs fonctions :

MM. Villot, de Rougé, Ravaisson, de Reiset, Barbet de Jouy, Mariette, d'Eschavannes, Daudet, Heuzey, Clément de Ris, de Tanzia, Darcel, de Mancion.

167. — Sur la délibération approuvée par le Comité de salut public, le citoyen Jules Fontaine, directeur général des domaines,

En réponse aux larmes et aux menaces de Thiers, le bombardeur, et aux lois édictées par l'Assemblée rurale, sa complice, — Arrête :

Art. 1ᵉʳ. Tout le linge provenant de la maison Thiers sera mis à la disposition des ambulances.

Art. 2. Les objets d'art et livres précieux seront envoyés aux bibliothèques et musées nationaux.

Art. 3. Le mobilier sera vendu aux enchères, après exposition publique au garde-meubles.

Art. 4. Le produit de cette vente restera uniquement affecté aux pensions et indemnités qui devront être fournies aux veuves et orphelins des victimes de la guerre infâme que nous fait l'ex-propriétaire de l'hôtel Georges.

Art. 5. Même destination sera donnée à l'argent que rapporteront les matériaux de démolition.

Art. 6. Sur le terrain de l'hôtel du parricide sera établi un square public.

Paris, le 25 floréal an 79.

Le directeur général des domaines, J. FONTAINE.

168. — La délégation scientifique, rue de Varennes, 78, forme quatre équipes de fuséens pour le maniement des fusées de guerre,

Le citoyen Lutz, chargé de cette formation, prendra le commandement de ces équipes.

Il ne sera admis dans les équipes de fuséens que d'anciens artilleurs ou artificiers ayant en pyrotechnie des connaissances suffisantes.

En dehors de la solde d'artilleur, les fuséens recevront une haute paye fixée à 1 fr. par jour.

Les inscriptions sont reçues à la délégation scientifique, 78, rue de Varennes, de huit heures du matin à cinq heures du soir (bureau militaire).

Chaque équipe sera composée de 12 fuséens, cadre compris. Le registre d'inscription sera fermé dès que les équipes seront complètes.

Le membre de la Commune chef de la délégation scientifique, Parisel.

169. — **Partie non officielle.** — *Aux grandes villes.* -—Après deux mois d'une bataille de toutes les heures, Paris n'est ni las ni entamé.

Paris lutte toujours, sans trêve et sans repos, infatigable, héroïque, invaincu.

Paris a fait un pacte avec la mort. Derrière ses forts il a ses murs; derrière ses murs, ses barricades; derrière ses barricades, ses maisons, qu'il faudrait lui arracher une à une et qu'il ferait sauter, au besoin, plutôt que de se rendre à merci.

Grandes villes de France, assisterez-vous immobiles et impassibles à ce duel à mort de l'Avenir contre le Passé, de la République contre la Monarchie?

Ou verrez-vous enfin que Paris est le champion de la France et du monde, et que ne pas l'aider, c'est le trahir?...

Vous voulez la République, ou vos votes n'ont aucun sens; vous voulez la Commune, car la repousser, ce serait abdiquer votre part de souveraineté nationale; vous voulez la liberté politique et l'égalité sociale, puisque vous l'écrivez sur vos programmes; vous voyez clairement que l'armée de Versailles est l'armée du bonapartisme, du centralisme monarchique, du despotisme et du privilége, car vous connaissez ses chefs et vous vous rappelez leur passé.

Qu'attendez-vous donc pour vous lever? Qu'attendez-vous pour chasser de votre sein les infâmes agents de ce gouvernement de capitulation et de honte qui mendie et achète, à cette heure même, de l'armée prussienne, les moyens de bombarder Paris par tous les côtés à la fois?

Attendez-vous que les soldats du droit soient tombés jusqu'au dernier sous les balles empoisonnées de Versailles?

Attendez-vous que Paris soit transformé en cimetière et chacune de ses maisons en tombeau?

Grandes villes, vous lui avez envoyé votre adhésion fraternelle; vous lui avez dit : « De cœur, je suis avec toi ! »

Grandes villes, le temps n'est plus aux manifestes : le temps est aux actes, quand la parole est au canon.

Assez de sympathies platoniques. Vous avez des fusils et des munitions : Aux armes ! Debout les villes de France!

Paris vous regarde, Paris attend que votre cercle se serre autour de ses lâches bombardeurs et les empêche d'échapper au châtiment qu'il leur réserve.

Paris fera son devoir et le fera jusqu'au bout.

Mais ne l'oubliez pas, Lyon, Marseille, Lille, Toulouse, Nantes, Bordeaux et les autres.....

Si Paris succombait pour la liberté du monde, l'histoire vengeresse aurait le droit de dire que

Paris a été égorgé parce que vous avez laissé s'accomplir l'assassinat.

Le délégué de la Commune aux relations extérieures, Paschal GROUSSET.

170. — Nous signalons à l'indignation publique et à la mémoire des Parisiens le colonel commandant le 39ᵉ de ligne. Lorsque les Versaillais s'emparèrent du parc de Neuilly, ce misérable fit passer par les armes 18 prisonniers fédérés, jurant qu'il en ferait autant à tous les Parisiens qui lui tomberaient sous la main.

Qu'il se garde de tomber sous la main des Parisiens !   (*Ministère de la guerre.*)

171. — La démolition de la colonne Vendôme aura lieu aujourd'hui, à deux heures après midi.

17 mai.

172. — **Partie officielle.** — Le Comité de salut public, — Arrête :

Art. 1ᵉʳ. Tous les trains, soit de voyageurs, soit de marchandises, de jour et de nuit, se dirigeant sur Paris, par une ligne quelconque, devront s'arrêter hors de l'enceinte, au point où est établi le dernier poste avancé de la garde nationale.

A cet effet, un signal spécial sera placé au point d'arrêt par les soins des administrations compétentes,

Art. 2. Aucun train ne pourra dépasser la limite

précitée sans avoir été préalablement visité par l'un des commissaires de police délégués à cet effet

Art. 3. Les travaux nécessaires seront immédiatement exécutés à la hauteur de l'enceinte, pour être en mesure de détruire instantanément tout train qui essayerait de forcer la consigne.

Art. 4. Un délégué civil, faisant fonctions de commissaire de police spécial aura le commandement du poste chargé de visiter les trains au point d'arrêt.

Art. 5. Le membre de la Commune délégué aux relations extérieures, d'accord avec le délégué civil à la guerre, est chargé de l'exécution du présent arrêté.

Le délégué de la Commune près les chemins de fer prendra ses ordres à cet égard.

Fait à Paris, le 16 mai 1871.

Le Comité de salut public.

Pour copie conforme :

Le secrétaire général,

Henri Brissac.

173. — Le membre de la Commune délégué à la justice, — Arrête :

Les notaires, huissiers, et généralement tous les officiers publics de la Commune de Paris, devront sur l'ordre du délégué à la justice, dresser gratuitement tous les actes de leur compétence.

Paris, le 16 mai 1871.

Le membre de la Commune délégué à la justice,

Eugène Protot.

15.

En conséquence de l'arrêté ci-dessus, lès citoyens gardes nationaux peuvent, dès aujourd'hui,
demander au délégué à la justice l'autorisation de
faire dresser par les juges de paix, notaires, huissiers, greffiers des tribunaux de la Commune de
Paris, les actes d'une certaine urgence, tels que :
donation entre vifs, testaments, reconnaissances
des enfants naturels, contrats de mariage, actes
respectueux, actes de consentement des ascen-
dants, procurations, adoptions, actes de notoriété, etc., etc.

174. — Le membre de la Commune délégué aux
services publics, — Arrête :

Tous les dépositaires de pétrole ou autres huiles
minérales devront, dans les quarante-huit heures,
en faire la déclaration dans les bureaux de l'é-
clairage, situés place de l'Hôtel-de-Ville, 9.

Paris, le 16 mai 1871.

Vu et présenté par l'ingénieur chef
des services publics,

ED. CARON.

Vu et dressé par l'ingénieur chef du service
de l'éclairage et des concessions,

B. PEYROUTON.

*Le membre de la Commune délégué
aux services publics,*

JULES ANDRIEU.

175. — **Partie non officielle.** — *Renversement
de la colonne Vendôme.* — Le décret de la Com-

mune de Paris qui ordonnait la démolition de la
colonne Vendôme a été exécuté hier, aux acclamations d'une foule compacte, assistant sérieuse
et réfléchie à la chute d'un monument odieux,
élevé à la fausse gloire d'un monstre d'ambition.

La date du 26 floréal sera glorieuse dans l'histoire, car elle consacre notre rupture avec le mi
litarisme, cette sanglante négation de tous les
droits de l'homme.

Le premier Bonaparte a immolé des millions
d'enfants du peuple à sa soif insatiable de domi-
nation; il a égorgé la République après avoir juré
de la défendre; fils de la Révolution, il s'est entouré des priviléges et des pompes grotesques de
la royauté; il a poursuivi de sa vengeance tous
ceux qui voulaient penser encore ou qui aspiraient
à être libres; il a voulu river un collier de servi-
tude au cou des peuples, afin de trôner seul dans
sa vanité, au milieu de la bassesse universelle :
voilà son œuvre pendant quinze ans.

Elle a débuté, le 18 brumaire, par le parjure,
s'est soutenue par le carnage, et a été couronnée
par deux invasions; il n'en est resté que des
ruines, un long abaissement moral, l'amoindris-
sement de la France, le legs du second Empire
commençant aux Deux-Décembre pour aboutir à
la honte de Sedan.

La Commune de Paris avait pour devoir d'a-
battre ce symbole du despotisme : elle l'a rempli.
Elle prouve ainsi qu'elle place le droit au-dessus

de la force, et qu'elle préfère la justice au meurtre, même quand il est triomphant.

Que le monde en soit bien convaincu : les colonnes qu'elle pourra ériger ne célébreront jamais quelque brigand de l'histoire, mais elles perpétueront le souvenir de quelque conquête glorieuse dans le champ de la science, du travail et de la liberté.

18 mai.

176. — Partie officielle. — Le gouvernement de Versailles vient de se souiller d'un nouveau crime, le plus épouvantable et le plus lâche de tous.

Ses agents ont mis le feu à la cartoucherie de l'avenue Rapp et provoqué une explosion effroyable.

On évalue à plus de cent le nombre des victimes. Des femmes, un enfant à la mamelle ont été mis en lambeaux.

Quatre des coupables sont entre les mains de la sûreté générale.

Paris, le 27 floréal an 79.

Le Comité de salut public,
ANT. ARNAUD, BILLIORAY, E. EUDES,
F. GAMBON, G. RANVIER.

177. — *Aux gardes nationaux de Paris.* **—** Vos ennemis, ne pouvant vous vaincre, voudraient vous déshonorer. Ils vous jettent les épithètes de brigands et de pillards, en ajoutant ainsi la calomnie à la série de leurs crimes. Répondre par la force à leurs attentats contre la République, voilà le brigandage ; lutter pour le triomphe des franchises communales, voilà le pillage.

Bonapartistes, orléanistes et chouans sont ligués contre vous et n'ont de lien commun que leur haine pour la Révolution. Ils rêvent de rétablir un trône qui servirait de rempart à leurs priviléges, et ils voudraient écraser la République, garantie de tous les progrès, sous l'ignorance des campagnes qu'ils égarent ou corrompent.

Vous déjouerez leurs projets liberticides par votre discipline et votre héroïsme. Leurs trahisons nous ont empêchés de sauver l'intégrité de notre patrie, mais elles n'auront pas la puissance de nous rejeter sous le joug, même passager, d'une restauration monarchique.

Il faut que ces insurgés contre les droits du peuple en prennent leur parti : nous réaliserons le sublime programme tracé par nos pères en 92. L'ordre dans la République, la liberté, l'égalité, la fraternité ne demeureront pas lettre morte. La lutte soutenue en France depuis quatre-vingts ans contre le vieux monde va toucher à son dénoûment.

Si vous remplissez vos devoirs, il n'est pas douteux : c'est Paris triomphant, ce sont les villes qui brûlent de suivre votre exemple, ce sont les campagnes élevées à la notion de leurs droits, c'est la République devenue inébranlable et affranchissant le peuple de l'ignorance et de la misère, c'est une ère nouvelle ouverte à tous les progrès.

Si, au contraire, vous hésitiez ou vous reculiez, ce serait Paris livré aux vengeances féroces des sicaires de Versailles et noyé dans des flots de sang, ce serait la dévastation et le carnage dans toutes les rues, l'égorgement et la déportation des républicains dans toute la France, le deuil de la République ajouté au deuil national, l'esclavage du citoyen greffé sur la partie démembrée, une rétrogradation effroyable dans toutes les orgies du royalisme.

Gardes nationaux ! votre choix est fait : vous combattez pour la République, pour votre salut, pour la plus noble des causes, et vous vaincrez !

Vive la République !

Vive la Commune !

Paris, le 27 floréal an 79.

Le Comité de salut public.

178. — Des officiers d'état-major de la garde nationale qui manquaient à leur service pour banqueter avec des filles de mauvaise vie chez le restaurateur Peters ont été arrêtés hier par ordre du Comité de salut public. Ils ont été dirigés sur Bicêtre avec des pelles et des pioches pour le service des tranchées. Les femmes ont été envoyée à Saint-Lazare pour confectionner des sacs à terre

Le Comité de salut public.

19 *mai.*

179. — **Partie officielle.** — Le Comité de salut public arrête :

Art. 1ᵉʳ. Les journaux la *Commune*, l'*Echo de Paris*, l'*Indépendance française*, l'*Avenir national*, la *Patrie*, le *Pirate*, le *Républicain*, la *Revue des Deux-Mondes*, l'*Echo de Ultramar* et la *Justice* sont et demeurent supprimés.

Art. 2. Aucun nouveau journal ou écrit périodique politique ne pourra paraître avant la fin de la guerre.

Art. 3. Tous les articles devront être signés par leurs auteurs.

Art. 4. Les attaques contre la République et la Commune seront déférées à la cour martiale.

Art. 5. Les imprimeurs contrevenants seront poursuivis comme complices, et leurs presses mises sous scellés.

Art. 6. Le présent arrêté sera immédiatement signifié aux journaux supprimés par les soins du citoyen Le Moussu, commissaire civil délégué à cet effet.

Art. 7. La sûreté générale est chargée de veiller à l'exécution du présent arrêté.

Hôtel de Ville, le 28 floréal an 79.

Le Comité de salut public,
ANT. ARNAUD, EUDES, BILLIORAY,
F. GAMBON, G. RANVIER.

180. — *Ministère des finances.* — La solde de la garde nationale a donné lieu à de scandaleux abus.

Le délégué aux finances a constitué un service spécial de contrôle pour arrêter les détournements qui se commettent tous les jours.

Quant aux misérables qui ont osé profiter des difficultés de la situation actuelle pour tromper indignement la Commune, le service de contrôle est appelé à faire une enquête sévère sur ces délits qui, à l'heure présente, sont des crimes. Leur culpabilité établie, ils seront déférés à la cour martiale et jugés avec toute la rigueur des lois militaires.

La direction du contrôle, siégeant à la délégation des finances, recevra avec reconnaissance tous les documents de nature à l'éclairer.

181. — *Délégation scientifique.* — Les possesseurs de phosphore et produits chimiques qui n'ont pas répondu à l'appel du *Journal officiel* s'exposent à une saisie immédiate de ces produits.

Paris, le 18 mai 1871.

> *Le membre de la Commune, chef de la délégation scientifique,*
> PARISEL.

182. — *Administration de la guerre.* — Voici les noms des membres qui composent les commissions de l'administration de la guerre :

Intendance. — Moreau.

Ordonnancement. — Piat, B. Lacorre.

Solde. — Geoffroy.

Contrôle général et informations. — Gouhier, Prudhomme, Gaudier.

Commission médicale. — Fabre, Tiersonnier, Bonnefoy.

Infanterie. — Lacord, Tournois, Baroud.

Artillerie. — Rousseau, Laroque, Maréchal.

Armement. — Bisson, Houzelot.

Génie. — Brin, Marceau, Levêque.

Cavalerie. — Chouteau, Avoine fils.

Examen disciplinaire, enquête et secours. — Navarre, Husson, Lagarde, Audoynaud.

État-major. — Hanser, Soudry.

Habillement, équipement, harnachement, campement. — Lavalette, Chateau, Valatz, Patris, Fougeret.

Train. — Millet, Boullenger.

Subsistances. — Bouit, Ducamp, Grelier, Drevet.

Le délégué civil à la guerre.

P. O. *Le chef d'état-major,*

P. Henry.

183. — **Partie non officielle.** — Le chef d'état-major de la 7ᵉ légion porte à la connaissance de la commission militaire les faits suivants :

Le lieutenant Butin a été aujourd'hui par nous envoyé comme parlementaire au fort de Vanves et aux alentours pour, accompagné du docteur Leblond et de l'infirmier Labrune, chercher à ramener les morts et les blessés que notre légion a laissés en évacuant ce fort.

Arrivés à la limite de nos grand'gardes, ils ont rencontré un commandant à la tête de ses hommes, qui leur a serré la main et leur a dit *adieu*, leur affirmant qu'il ne croyait pas dire vrai en leur disant *au revoir*.

Et à l'appui de ce dire, le commandant a ajouté :

Ce matin, dans la plaine, j'ai vu, à l'aide de ma longue-vue, un blessé abandonné : immédiatement, j'ai envoyé une femme attachée à l'ambulance, qui, portant un brassard et munie de papiers en règle, a courageusement été soigner ce blessé.

A peine arrivée sur l'emplacement où se trouvait ce garde, elle a été saisie par cinq Versaillais qui, sans que nous puissions lui porter secours, l'ont *outragée*, et, séance tenante, l'ont *fusillée sur place*.

Malgré ces dires, le lieutenant Butin, accompagné du major et de l'infirmier susnommés, a poussé en avant, précédé d'un trompette et d'un drapeau blanc, ainsi que du drapeau de la Société de Genève.

A vingt mètres de la barricade, une fusillade bien nourrie les a accueillis. Le lieutenant, croyant à une méprise, a continué à marcher en avant : un second feu de peloton leur a prouvé la triste réalité de cette violation des usages parlementaires et du droit des gens chez les peuples civilisés. Une troisième fusillade a seule pu les faire rétrograder.

Il a dû revenir, ramenant ceux dont il était suivi, et laissant au pouvoir des Versaillais dix-neuf morts et soixante-dix blessés.

Dès son arrivée, il est venu nous faire son rapport, et je me hâte de le communiquer à la commission militaire pour qu'elle fasse appeler le lieutenant Butin et qu'elle entende ses explications.

Paris, le 16 mai 1871.

Vu : *le chef de légion,*
GARANTIE.

Approuvé : BUTIN.

184. — *Association internationale des travailleurs.* — *Aux travailleurs de la gare d'Ivry et de Bercy.* — La révolution que nous venons d'accomplir après tant de violentes secousses, — révolution qui n'est que le produit de la force unie au droit, — est avant tout *une révolution sociale.*

Il ne s'agit plus aujourd'hui d'un changement de dynastie, de l'organisation d'une république formaliste, modérée, avec des institutions monarchiques, mais de l'établissement inébranlable d'un ordre de choses politique affirmant toutes nos revendications sociales.

Serfs d'hier, affranchis d'aujourd'hui, nous devons tous, sans retard, nous unir pour conquérir définitivement le droit légitime que nous ont tou-

jours contesté jusqu'ici les capitalistes et mono-
poleurs, DE VIVRE EN TRAVAILLEURS.

Nous faisons appel à tous nos frères les travailleurs de la gare d'Ivry et de Bercy, et les convions
à venir se joindre à nous, sous le drapeau de l'Internationale, pour étudier et rechercher avec nous,
par la libre discussion, les moyens de hâter notre
émancipation.

Paris, le 17 mai 1871.

Le Comité du groupe,
ARTRU, CHAUDESAIGUES, FAURE, HARDY, LACROIX,
NOSTAG, PÉRISSEAU, ROUSSELOT.

N. B. Les admissions sont reçues tous les soirs
à la permanence de la section, de huit à dix
heures, 2, quai de Bercy.

20 *mai.*

185. — Partie officielle. — Considérant que,
dans les jours de Révolution, le peuple, inspiré
par son instinct de justice et de moralité, a toujours proclamé cette maxime : « Mort aux vo-
leurs ! » décrète :

Art. 1ᵉʳ. Jusqu'à la fin de la guerre, tous les
fonctionnaires ou fournisseurs accusés de concus-
sion, déprédation, vol, seront traduits devant la
cour martiale ; la seule peine appliquée à ceux
qui seront reconnus coupables sera la peine de
mort.

Art. 2. Aussitôt que les bandes versaillaises

auront été vaincues, une enquête sera faite sur tous ceux qui, de près ou de loin, auront eu le maniement des fonds publics.

186. — Considérant que, sous le régime communal, à chaque fonction doit être allouée une indemnité suffisante pour assurer l'existence et la dignité de celui qui la remplit,

La Commune décrète :

Tout cumul de traitement est interdit.

Tout fonctionnaire de la Commune, appelé en dehors de ses occupations normales à rendre un service d'ordre différent, n'a droit à aucune indemnité nouvelle.

187. — **Partie non officielle.** — La délégation scientifique acceptera tous les jours, de huit heures à onze heures du matin, les soumissions de sulfure de carbone qui lui seront faites.

Paris, le 19 mai 1871.

Le membre de la Commune, chef de la délégation scientifique,   PARISEL.

188. — Les citoyennes désireuses de s'enrôler dans le service des ambulances fixes ou mobiles sont invitées à venir se faire inscrire à la commission médicale, où une liste est ouverte, rue Dominique-Germain, 86, escalier D, deuxième étage.

Les certificats ou livrets de bonnes mœurs sont exigibles, plus une attestation du commissaire de police du quartier, indiquant la demeure, l'âge et la profession.

Ce 19 mai 1871.

Pour la commission médicale, FABRE.

Vu et approuvé :

La commission de la guerre, membre de la Commune,
H. GERESME.

189. — *Bataillon des éclaireurs fédérés.* — Le but du bataillon étant de prévenir toute surprise sur nos troupes, de harceler continuellement l'ennemi afin de donner des renseignements à l'état-major général sur les positions et les forces ennemies, les citoyens vraiment patriotes qui comprennent le mandat impérieux qui leur est imposé sont invités à prendre les renseignements nécessaires avant de contracter un engagement.

Le bataillon des éclaireurs fédérés suivra les traces des guérillas espagnoles.

Il faut affronter tous les périls, tous les dangers, toutes les privations ; il faut, enfin, tout sacrifier à la République.

Que celui qui se sent la force morale et physique de remplir cette mission se hâte de prendre place dans nos rangs.

La solde allouée aux volontaires est fixée à 2 fr. par jour et les vivres.

Les sous-officiers et les officiers auront la solde de la garde nationale.

Les femmes des volontaires recevront la même indemnité que dans la garde nationale.

Enrôlement : rue des Prêtres-Saint-Germain-
l'Auxerrois, 10 (ancienne école des frères), neuf
heures du matin à cinq heures du soir.

Armement (chassepots), habillement, campement immédiats.

Paris, le 18 mai 1871.

MERCIER, J. TRÈVES, DARRÉ, FONTAINE,
DECHOLLES.

Dʳ CONSTANTIN CHARALAMBO, *chirurgien-major*.

Vu et approuvé par ordre du général Eudes :

Le colonel chef d'état-major, COLLET.

190. — *Aux artistes lyriques, chanteurs et ins-
trumentistes.* — Les citoyens et citoyennes artistes,
attachés au théâtres ci-après : Opéra, Opéra-Comique et Théâtre-Lyrique, et comptant à un titre
quelconque dans le personnel du chant, de l'or-
chestre, des chœurs, de la danse ou de la régie,
sont invités à se réunir dans la salle du Conservatoire, mardi 23, à 2 heures, à l'effet de s'entendre avec le citoyen Salvador Daniel, délégué par
la délégation à l'enseignement, sur les mesures à
prendre pour substituer au régime de l'exploitation, par un directeur ou une société, le régime
de l'association.

191. — *Association internationale des travailleurs.*
— *Conseil fédéral parisien.* — La résolution suivante a été adoptée dans la séance du 17 mai 1871 :

Une réunion extraordinaire du conseil fédéral

aura lieu le samedi 20 courant, à une heure précise, pour juger la situation actuelle.

Les membres de la Commune qui font partie de l'Internationale sont convoqués pour cette séance.

Ils auront à y répondre de leur conduite à l'Hôtel de Ville, et seront interrogés sur les motifs de la sission qui s'est produite au sein de la Commune.

Les membres adhérents pourront, sur la présentation de leurs livrets, assister à cette réunion.

Les citoyens Léo Frankel et Sérailler, délégués de sections et présents à la séance, ont voté la proposition.

192. — Dimanche 21 mai, place de la Concorde, grand festival donné par les musiciens de tous les bataillons de la garde nationale de Paris, au profit des veuves, des orphelins et des gardes nationaux blessés en défendant la République.

Divers morceaux patriotiques, exécutés par 1,500 musiciens ensemble, sous la direction du citoyen Delaporte.

Prix des places : Terrasse des Tuileries, 2 fr. — Premières, 1 fr. — Secondes, 50 c.

21 mai.

193. — **Partie officielle.** — Le Comité de salut public, en présence des tentatives de corruption qui lui sont signalées de toutes parts, rappelle que

tout individu prévenu d'avoir offert ou accepté de l'argent pour faits d'embauchage, se rend coupable de haute trahison et sera déféré à la cour martiale.

Paris, le 1ᵉʳ prairial an 79.

Le Comité de salut public,

Ant. Arnaud, Billioray, E. Eudes, F. Gambon, G. Ranvier.

194. — La Commune de Paris, — Conformément aux principes établis par la première République, et déterminés par la loi du 11 germinal an II, — décrète :

Les théâtres relèvent de la délégation à l'enseignement.

Toute subvention et monopole des théâtres sont supprimés.

La délégation est chargée de faire cesser, pour les théâtres, le régime de l'exploitation par un directeur ou une société, et d'y substituer, dans le plus bref délai, le régime de l'association.

195. — Les habitants de Paris sont invités de se rendre à leur domicile *sous quarante-huit heures ;* passé ce délai, leurs titres de rente et le grand-livre seront brûlés.

Pour le Comité central,   Grélier.

196. — *Deuxième rapport* (1) *sur la recherche des*

(1) Il n'a pas été publié de « premier rapport. »

16

crimes commis à l'église Saint-Laurent. — Notice, —
Le passé. — Dès les premiers siècles de la monarchie française, l'église Saint-Laurent fut édifiée
où se trouve aujourd'hui le couvent de Saint-Lazare. Plus tard, cette paroisse fut transportée de
l'autre côté de la route, c'est-à-dire dans le cimetière qu'elle occupe encore aujourd'hui.

La première pensée qui vient à l'esprit, c'est
qu'un conduit souterrain devait exister entre
Saint-Lazare et l'église actuelle, ainsi qu'il en a
toujours existé entre les maisons religieuses des
deux sexes, pour faciliter les orgies de la gent
cléricale. Il en était de même pour les châteaux
féodaux, où des passages secrets permettaient de
s'échapper aux heures de danger. Partant de là,
rien de plus compréhensible, rien de plus saisissant que la déduction qui en jaillit.

Grâce au voisinage de Saint-Lazare, l'église
Saint-Laurent était pourvue d'autant de femmes
ou jeunes filles que ces de Sade tonsurés pouvaient en désirer. Le mécanisme était des plus
simples : ou l'objet convoité était enlevé, ou
bien une banale accusation de sortilége, d'adultère
ou d'impiété était invoquée, et l'accusée, femme
ou fille, était cloîtrée, circonvenue et livrée sans
défense possible à ces monstres de luxure. La
famille même cessait d'être une sauvegarde, car
la recluse, étant soustraite à tous les regards, pas-
sait pour s'être volontairement retirée du monde
dans un esprit de repentir.

Les **établissements séquestrant les femmes**

étaient multiples. Combien d'orphelinats, de couvents, de refuges ! Ces débauchés n'avaient que l'embarras du choix, et les victimes marquées, les supérieures de ces établissements s'empressaient de les livrer. D'ailleurs, la résistance leur était impossible, car il y allait de leur intérêt, et même de leur vie, qui était en jeu.

On sait que l'influence des prêtres était irrésistible : leur caractère sacré, l'acquiescement des chefs de famille, leur puissance absolue, les vœux imprudents ou forcés, la crainte de leur vindication, puis l'imagination et le tempérament, tout leur venait en aide, tout concourait à leur triomphe odieux.

Bref, l'épouse ou la jeune fille disparaissait de la société sans laisser de traces, et tout était au mieux pour l'âme des victimes ainsi que pour la sainte cause ; c'était encore le Parc-aux-Cerfs, mais abrité par le ciel.

Malheur à l'écrivain qui était assez osé pour soulever un coin du voile ! Pour lui, dans le passé, c'était la torture et la mort ; et encore aujourd'hui la ruine, la prison et l'anathème des privilégiés. Ce ne sont pas là de vaines allégations, c'est la rigoureuse appréciation des faits.

Le présent. — Mais admettons qu'en ces derniers temps le passage souterrain n'existait plus ; supposons que l'épouse ou la jeune fille arrivait aux bras de ces hypocrites par la grande porte, sous l'influence abusive des sacrements, en passant par le confessionnal où la sacristie, peu im-

porte ! Paris tout entier ne s'en lèvera pas moins
indigné !... navré !... Qu'il descende dans la crypte
placée derrière le chœur : là, un spectacle sans
nom frappera ses yeux ! des cris déchirants se
feront entendre ! Écoutez :

« Les prêtres, nos bourreaux impitoyables, après
nous avoir attirées ici par force ou par ruse, après
avoir assouvi sur nous leur brutale lubricité, se
lassèrent bientôt ; alors il nous fallut faire place à
de plus jeunes ou de plus belles ; puis, après les
outrages d'une dernière orgie, nous fûmes endor-
mies par l'effet d'un puissant narcotique, livrées
sans résistance possible à ces monstres, qui nous
dépouillèrent de nos vêtements et nous lièrent si
fortement, que l'on peut voir encore la contrac-
tion des os les uns contre les autres. Au bout d'un
certain temps, l'ivresse du narcotique s'étant
dissipée, le sentiment de l'existence nous revint ;
des terreurs, des angoisses inexprimables nous
saisirent ; nous cherchâmes d'instinct à nous dégager des liens et de la terre qui nous oppres-
saient !

« Vains efforts, nos liens nous paralysaient ;
seule, notre tête put se tordre sous la terre encore
molle ; nous essayâmes d'aspirer le peu d'air am-
biant provenant d'un escalier et d'un soupirail ;
c'est pourquoi toutes nos têtes sont tournées vers
ces issues, cherchant à boire le peu d'air s'infil-
trant entre les interstices de la terre. Comprenez
nos tortures ; comprenez notre agonie, notre lutte
contre l'étouffement produit par la terre emplis-

sant notre bouche à chaque effort tenté pour respirer. Touchez nos mâchoires contusionnées et
horriblement ouvertes. Autant de cadavres, autant
de martyres!... Flétrissez, maudissez nos bourreaux! Le crime impuni est là!... visible!... pal-
pable!... écrasant! Faites-vous justiciers! Soyez
nos vengeurs! »

... Elle vient enfin, la *justice, majestueuse, inexo-
rable*; elle arrive! Car rien ne l'arrête, ni le temps,
ni l'espace! Elle porte en ses mains la balance et
le glaive étincelant. Ah! misérables! vous pensiez
être à l'abri de toute revendication; mais c'est en
vain que vous aviez rempli la crypte des os de nos
aïeux, des mains hardies, des mains vengeresses
les ont soulevés et mis à nu la tombe accusatrice.
L'heure terrible sonne enfin pour vous! L'avenir
confesse le passé! Les pages de votre histoire s'im-
primeront avec du sang et seront lues à la lueur
sinistre de vos bûchers.

. . . .

Après avoir vidé l'ossuaire, après avoir dégagé
l'humus enveloppant ces restes terrifiants, la
science calme et froide est venue constater que
ces débris appartenaient tous à des infortunées
enterrées depuis moins de dix ans. Or, le règne
du dernier curé en a duré dix-sept. Mais qu'importe la date du crime, il n'y a point de prescrip-
tion pour lui!

O justice! si tu mesures la grandeur de la peine
à celle du forfait, ton glaive s'émoussera, surtout
si tu nombres les victimes pressées et superpo-

sées ; les mots seront impuissants pour exprimer ton indignation, pour écrire ton enquête !

... Et toi, peuple de Paris, peuple intelligent, brave et sympathique, viens en foule contempler ce que deviennent tes femmes et tes filles aux mains de ces infâmes ; viens les reconnaître, les compter, elles sont tiennes. Ouvriras-tu enfin les yeux sur les faits et gestes de ces corrupteurs de l'esprit, de ces assassins du corps ? Persisteras-tu dans ton aveugle apathie ? Laisseras-tu toujours tes femmes, tes filles, hanter leurs églises, ces lupanars occultes ? Ah ! si ta colère n'éclate pas, si tes yeux ne flamboient, si tes mains ne se crispent, fais alors comme Charles-Quint, couche-toi vivant dans ton cercueil.

Mais non, tu comprendras, tu te lèveras comme Lazare ! tu couronneras la femme des rayons de l'intelligence, sans quoi point de salut pour le monde ; surtout, tu feras bonne garde devant ce charnier, durant un siècle s'il le faut ! Ce sera ton phare lumineux pour guider l'humanité jusqu'à l'heure suprême de l'association de toutes les sublimes harmonies !

Paris, le 3 mai 1871.

Pour la municipalité,   LEROUDIER.

22 *mai.*

197. — **Partie officielle.** — *Au peuple de Paris.* — *À la garde nationale.* — Citoyens, — Assez de

militarisme, plus d'états-majors galonnés et dorés sur toutes les coutures !

Place au peuple, aux combattants, aux bras nus ! L'heure de la guerre révolutionnaire a sonné.

Le peuple ne connaît rien aux manœuvres savantes, mais quand il a un fusil à la main, du pavé sous les pieds, il ne craint pas tous les stratégistes de l'école monarchiste.

Aux armes ! citoyens, aux armes ! Il s'agit, vous le savez, de vaincre ou de tomber dans les mains impitoyables des réactionnaires et des cléricaux de Versailles, de ces misérables qui ont, de parti pris, livré la France aux Prussiens et qui nous font payer la rançon de leurs trahisons !

Si vous voulez que le sang généreux qui a coulé comme de l'eau depuis six semaines ne soit pas infécond, si vous voulez vivre libres dans la France libre et égalitaire, si vous voulez épargner à vos enfants et vos douleurs et vos misères, vous vous lèverez comme un seul homme, et devant votre formidable résistance, l'ennemi, qui se flatte de vous remettre au joug, en sera pour la honte des crimes inutiles dont il s'est souillé depuis deux mois.

Citoyens, vos mandataires combattront et mourront avec vous, s'il le faut. Mais au nom de cette glorieuse France, mère de toutes les révolutions populaires, foyer permanent des idées de justice et de solidarité qui doivent être et seront les lois du monde, marchez à l'ennemi, et que votre énergie révolutionnaire lui montre qu'on peut vendre Paris, mais qu'on ne peut ni le livrer ni le vaincre !

La Commune compte sur vous, comptez sur la Commune !

Le délégué civil à la guerre, CH. DELESCLUZE.
Le Comité de salut public :
ANT. ARNAUD, BILLIORAY, E. EUDES,
F. GAMBON, G. RANVIER.

198. — Le délégué de la Commune à l'enseignement, — arrête :

Une commission est instituée pour organiser et surveiller l'enseignement dans les écoles de filles.

Elle est composée des citoyennes André Léo, Jaclard, Périer, Reclus, Sapia.

Le membre de la Commune délégué à l'enseignement,
E. VAILLANT.

199. — **Partie non officielle.** — Les sœurs sont remplacées depuis hier dans les différents services qu'elles occupaient à l'hôpital Beaujon. Des citoyennes y ont été installées par la direction de l'Assistance publique. Elles seront dévouées, et sauront mériter par leur zèle et leur intelligence la confiance des blessés, des malades et du peuple de Paris.   (*Assistance publique.*)

200. — Le citoyen Vésinier, délégué à l'*Officiel*, et que d'autres occupations avaient empêché d'as-

sister au commencement de la séance, a déclaré
à la fin de cette dernière que c'était par suite de
la plus regrettable des erreurs que la proposition
toute individuelle, signée Grêlier, qui avait été
apportée en son absence, et qui n'était pas destinée à la publicité, s'est trouvée mêlée aux pièces
à publier et a été insérée à la partie officielle.

201. — *Affaire de la cartoucherie.* — *Preuves de
la complicité de Versailles.* — Cette lettre a été envoyée il y a trois jours à la préfecture de police
par une femme. Elle l'a trouvée entre Versailles
et Paris dans un wagon de première classe. Un
monsieur était assis en face d'elle, agité, pâle,
anxieux. Aux fortifications, quand il entendit donner près des portières la crosse des fusils fédérés,
il se troubla et roula un paquet de papiers sous la
banquette. Cette lettre resta.

Est ce que le doux bon Dieu, la sainte Providence, trahiraient Thiers et Gallifet?

C'est la preuve flagrante, signée, timbrée du
crime. Lisez :

État-major des gardes nationales.

« Versailles, le 16 mai 1871.

« Monsieur,

« La deuxième partie du plan qui vous a été
remis devra être exécutée le 19 courant, à trois
heures du matin. Prenez bien vos précautions de

manière à ce que cette fois tout aille bien.

« Pour vous seconder, nous nous sommes rangés avec un des chefs de la cartoucherie p(
la faire sauter le 17 courant.

« Revoyez bien vos instructions pour la pa(
qui vous concerne et que vous commanderez
chef.

« Soignez surtout la Muette.

    « *Le colonel chef d'état-major*, CH. CORBIN.

« Le deuxième versement a été opéré à Londr(
à votre crédit. »

Un timbre bleu portant : « État-major de
garde nationale, » en exergue. Le centre du timb(
est vide. (*Salut public.*)